COLLECTION FOLIO

Eugène Ionesco

de l'Académie française

Le roi
se meurt

Gallimard

Bérenger Ier, *le Roi*	Jacques Mauclair
La reine Marguerite, *première épouse du roi Bérenger Ier*	Tsilla Chelton
La reine Marie, *deuxième épouse du roi Bérenger Ier*	Reine Courtois
Le Médecin, *qui est aussi chirurgien, bourreau, bactériologue et astrologue*	Marcel Cuvelier
Juliette, *femme de ménage, infirmière*	Rosette Zucchelli
Le Garde	Marcel Champel

Cette pièce a été créée le 15 décembre 1962 au Théâtre de l'Alliance française à Paris. La mise en scène était de Jacques Mauclair, les décors et costumes de Jacques Noël, la musique de scène de Georges Delerue.

DÉCOR

Salle du trône, vaguement délabrée, vaguement gothique. Au milieu du plateau, contre le mur du fond, quelques marches menant au trône du Roi. De part et d'autre de la scène, sur le devant, deux trônes plus petits qui sont ceux des deux Reines, ses épouses.

A droite de la scène, côté jardin, au fond, petite porte menant aux appartements du Roi. A gauche de la scène, au fond, autre petite porte. Toujours à gauche, sur le devant, grande porte. Entre cette grande porte et la petite, une fenêtre ogivale. Autre petite fenêtre à droite de la scène; petite porte sur le devant du plateau, du même côté. Près de la grande porte, un vieux garde tenant une hallebarde.

Avant le lever du rideau, pendant que le rideau se lève et quelques instants encore, on entend une musique dérisoirement royale, imitée d'après les Levers du Roi du XVIIe siècle.

LE GARDE, *annonçant*.

Sa Majesté, le roi Bérenger Ier. Vive le Roi!

Le Roi, d'un pas assez vif, manteau de pourpre,
couronne sur la tête, sceptre en main, traverse le
plateau en entrant par la petite porte de gauche
et sort par la porte de droite au fond.

LE GARDE, *annonçant*.

Sa Majesté, la reine Marguerite, première épouse
du Roi, suivie de Juliette, femme de ménage et
infirmière de Leurs Majestés. Vive la Reine!

Marguerite, suivie de Juliette, entre par la
porte à droite premier plan et sort par la grande
porte

LE GARDE, *annonçant*.

Sa Majesté, la reine Marie, seconde épouse du Roi,
première dans son cœur, suivie de Juliette, femme
de ménage et infirmière de Leurs Majestés. Vive la
Reine!

*La reine Marie, suivie de Juliette, entre par
la grande porte à gauche et sort avec Juliette
par la porte à droite premier plan. Marie semble
plus attrayante et coquette que Marguerite. Elle
porte la couronne et un manteau de pourpre.
Elle a, en plus, des bijoux. Entre, par la porte
du fond à gauche, le Médecin.*

LE GARDE, *annonçant.*

Sa Sommité, monsieur le Médecin du Roi, chirur-
gien, bactériologue, bourreau et astrologue à la Cour.
*(Le Médecin va jusqu'au milieu du plateau puis,
comme s'il avait oublié quelque chose, retourne sur ses
pas et sort par la même porte. Le Garde reste silencieux
quelques moments. Il a l'air fatigué. Il pose sa hallebarde contre le mur, souffle dans ses mains pour les
réchauffer.)* Pourtant, c'est l'heure où il doit faire
chaud. Chauffage, allume-toi. Rien à faire, ça ne
marche pas. Chauffage, allume-toi. Le radiateur
reste froid. Ce n'est pas ma faute. Il ne m'a pas dit
qu'il me retirait la délégation du feu! Officiellement,
du moins. Avec eux, on ne sait jamais. *(Brusquement,
il reprend son arme. La reine Marguerite fait de
nouveau son apparition par la porte du fond à gauche.
Elle a une couronne sur la tête, manteau de pourpre
pas très frais. Elle est sans âge, elle a un air plutôt
sévère. Elle s'arrête au milieu du plateau sur le devant.
Elle est suivie de Juliette.)* Vive la Reine!

MARGUERITE, *à Juliette, regardant autour d'elle.*

Il y en a de la poussière. Et des mégots par terre.

JULIETTE

Je viens de l'étable, pour traire la vache, Majesté.
Elle n'a presque plus de lait. Je n'ai pas eu le temps
de nettoyer le living-room.

MARGUERITE

Ceci n'est pas un living-room. C'est la salle du trône. Combien de fois dois-je te le dire?

JULIETTE

Bon, la salle du trône, si Sa Majesté le veut. Je n'ai pas eu le temps de nettoyer le living-room.

MARGUERITE

Il fait froid.

LE GARDE

J'ai essayé de faire du feu, Majesté. Ça ne fonctionne pas. Les radiateurs ne veulent rien entendre. Le ciel est couvert, les nuages n'ont pas l'air de vouloir se dissiper facilement. Le soleil est en retard. J'ai pourtant entendu le Roi lui donner l'ordre d'apparaître.

MARGUERITE

Tiens! Le soleil n'écoute déjà plus.

LE GARDE

Cette nuit, j'ai entendu un petit craquement. Il y a une fissure dans le mur.

MARGUERITE

Déjà? Ça va vite. Je ne m'y attendais pas pour tout de suite.

LE GARDE

J'ai essayé de la colmater avec Juliette.

JULIETTE

Il m'a réveillée au milieu de la nuit. Je dormais si bien!

LE GARDE

Elle est apparue de nouveau. Faut-il essayer encore?

MARGUERITE

Ce n'est pas la peine. Elle est irréversible. *(A Juliette.)* Où est la reine Marie?

JULIETTE

Elle doit être encore à sa toilette.

MARGUERITE

Bien sûr.

JULIETTE

Elle s'est réveillée avant l'aube.

MARGUERITE

Ah! Tout de même!

JULIETTE

Je l'entendais pleurer dans sa chambre.

MARGUERITE

Rire ou pleurer : c'est tout ce qu'elle sait faire. *(A Juliette.)* Qu'elle vienne tout de suite. Allez me la chercher.

Juste à ce moment, paraît la reine Marie, vêtue comme il est dit plus haut.

LE GARDE, *une seconde avant l'apparition de la reine Marie.*

Vive la Reine!

MARGUERITE, *à Marie.*

Vous avez les yeux tout rouges, ma chère. Cela nuit à votre beauté.

MARIE

Je sais.

MARGUERITE

Ne recommencez pas à sangloter.

MARIE

J'ai du mal à m'en empêcher, hélas!

MARGUERITE

Ne vous affolez pas, surtout. Cela ne servirait à rien. C'est bien dans la norme des choses, n'est-ce pas? Vous vous y attendiez. Vous ne vous y attendiez plus.

MARIE

Vous n'attendiez que cela.

MARGUERITE

Heureusement. Ainsi, tout est au point. *(A Juliette.)* Donnez-lui donc un autre mouchoir.

MARIE

J'espérais toujours...

MARGUERITE

C'est du temps perdu. Espérer, espérer! *(Elle hausse les épaules.)* Ils n'ont que ça à la bouche et la larme à l'œil. Quelles mœurs!

MARIE

Avez-vous revu le médecin? Que dit-il?

MARGUERITE

Ce que vous connaissez.

MARIE

Peut-être qu'il se trompe.

MARGUERITE

Vous n'allez pas recommencer le coup de l'espoir. Les signes ne trompent pas.

MARIE

Peut-être les a-t-il mal lus.

MARGUERITE

Les signes objectifs ne trompent pas. Vous le savez.

MARIE, *regardant le mur.*

Ah! Cette fissure!

MARGUERITE

Vous la voyez! Il n'y a pas que cela. C'est votre faute s'il n'est pas préparé, c'est votre faute si cela va le surprendre. Vous l'avez laissé faire, vous l'avez même aidé à s'égarer. Ah! La douceur de vivre. Vos bals, vos amusettes, vos cortèges; vos dîners d'honneur, vos artifices et vos feux d'artifice, les noces et vos voyages de noces! Combien de voyages de noces avez-vous faits?

MARIE

C'était pour célébrer les anniversaires du mariage.

MARGUERITE

Vous les célébriez quatre fois par an. « Il faut bien vivre », disiez-vous...

MARIE

Il aime tellement les fêtes.

MARGUERITE

Les hommes savent. Ils font comme s'ils ne
savaient pas! Ils savent et ils oublient. Lui, il est roi.
Lui, il ne doit pas oublier. Il devait avoir le regard
dirigé en avant, connaître les étapes, connaître
exactement la longueur de sa route, voir l'arrivée.

MARIE

Mon pauvre chéri, mon pauvre petit roi.

MARGUERITE, *à Juliette*.

Donnez-lui encore un mouchoir. *(A Marie.)* Un
peu de bonne humeur, voyons. Vous allez lui commu-
niquer vos larmes, cela s'attrape. Il est déjà assez
faible comme cela. Cette influence détestable que
vous avez eue sur lui. Enfin! Il vous préférait à moi,
hélas! Je n'étais pas jalouse, oh, pas du tout. Je me
rendais compte simplement que ce n'était pas sage.
Maintenant, vous ne pouvez plus rien pour lui. Et
vous voilà toute baignée de larmes et vous ne me
tenez plus tête. Et votre regard ne me défie plus.
Où donc ont disparu votre insolence, votre sourire
ironique, vos moqueries? Allons, réveillez-vous. Prenez votre place, tâchez de vous tenir bien droite.
Tiens, vous avez toujours votre beau collier Venez,
prenez donc votre place.

MARIE, *assise*.

Je ne pourrai pas lui dire.

MARGUERITE

Je m'en chargerai. J'ai l'habitude des corvées.

MARIE

Ne le lui dites pas. Non, non, je vous en prie. Ne lui dites rien, je vous en supplie.

MARGUERITE

Laissez-moi faire, je vous en supplie. Nous aurons cependant besoin de vous pour les étapes de la cérémonie. Vous aimez les cérémonies.

MARIE

Pas celle-là.

MARGUERITE, *à Juliette.*

Arrangez donc nos traînes comme il faut.

JULIETTE

Oui, Majesté.

Juliette s'exécute.

MARGUERITE

Moins amusant, bien entendu, que vos bals d'enfants, que vos bals pour vieillards, vos bals pour jeunes mariés, vos bals pour rescapés, vos bals pour décorés, vos bals pour femmes de lettres, vos bals pour organisateurs de bals, et tant d'autres bals. Ce bal-ci se passera en famille, sans danseur et sans danse.

MARIE

Non, ne lui dites rien. Il vaut mieux qu'il ne s'en aperçoive pas.

MARGUERITE

... Et qu'il termine par une chanson? Cela n'est pas possible.

MARIE

Vous n'avez pas de cœur.

MARGUERITE

Mais si, si, il bat.

MARIE

Vous êtes inhumaine.

MARGUERITE

Qu'est-ce que cela veut dire?

MARIE

C'est terrible, il n'est pas préparé.

MARGUERITE

C'est votre faute s'il ne l'est pas. Il était comme un de ces voyageurs qui s'attardent dans les auberges en oubliant que le but du voyage n'est pas l'auberge. Quand je vous rappelais qu'il fallait vivre avec la conscience de son destin, vous me disiez que j'étais un bas-bleu et que c'était pompeux.

JULIETTE, *à part*.

C'est quand même pompeux.

MARIE

Au moins, qu'on le lui dise le plus doucement possible puisque c'est inévitable. Avec des ménagements, avec beaucoup de ménagements.

MARGUERITE

Il aurait dû être préparé depuis longtemps, depuis toujours. Il aurait dû se le dire chaque jour. Que de temps perdu! *(A Juliette.)* Qu'est-ce que vous avez à nous regarder avec vos yeux égarés? Vous n'allez pas vous effondrer, vous aussi. Vous pouvez vous retirer; n'allez pas trop loin, on vous appellera.

Alors, vraiment, je ne balaye plus le living-room?

C'est trop tard. Tant pis. Retirez-vous.

Juliette sort par la droite.

Dites-le-lui doucement, je vous en prie. Prenez tout votre temps. Il pourrait avoir un arrêt du cœur.

Nous n'avons pas le temps de prendre notre temps. Fini de folâtrer, finis les loisirs, finis les beaux jours, finis les gueuletons, fini votre strip-tease. Fini. Vous avez laissé les choses traîner jusqu'au dernier moment, nous n'avons plus de moment à perdre, évidemment puisque c'est le dernier. Nous avons quelques instants pour faire ce qui aurait dû être fait pendant des années, des années et des années. Quand il faudra me laisser seule avec lui, je vous le dirai. Vous avez encore un rôle à jouer, tranquillisez-vous, je l'aiderai.

Ce sera dur, comme c'est dur.

Aussi dur pour moi que pour vous, que pour lui. Ne pleurnichez pas. Je vous le répète, je vous le conseille, je vous l'ordonne.

MARIE

Il refusera.

MARGUERITE

Au début.

MARIE

Je le retiendrai.

MARGUERITE

Qu'il ne recule pas ou gare à vous. Il faut que cela
se passe convenablement. Que ce soit une réussite,
un triomphe. Il y a longtemps qu'il n'en a plus eu.
Son palais est en ruines. Ses terres en friche. Ses
montagnes s'affaissent. La mer a défoncé les digues,
inondé le pays. Il ne l'entretient plus. Vous lui avez
tout fait oublier dans vos bras dont je déteste le
parfum. Quel mauvais goût! Bref, c'était le sien.
Au lieu de consolider le sol, il laisse des hectares et
des hectares s'engloutir dans les précipices sans
fond.

MARIE

Ce que vous êtes regardante! D'abord, on ne peut
pas lutter contre les tremblements de terre.

MARGUERITE

Ce que vous m'agacez!... Il aurait pu consolider,
planter des conifères dans les sables, cimenter les
terrains menacés. Mais non, maintenant le royaume
est plein de trous comme un immense gruyère.

MARIE

On ne pouvait rien contre la fatalité, contre les
érosions naturelles.

Sans parler de toutes ces guerres désastreuses. Pendant que ses soldats ivres dormaient, la nuit ou après les copieux déjeuners des casernes, les voisins repoussaient les bornes des frontières. Le territoire national s'est rétréci. Ses soldats ne voulaient pas se battre.

MARIE

C'étaient des objecteurs de conscience.

MARGUERITE

On les appelait chez nous des objecteurs de conscience. Dans les armées de nos vainqueurs, on les appelait des lâches, des déserteurs et on les fusillait. Vous voyez le résultat : des gouffres vertigineux, des villes rasées, des piscines incendiées, des bistrots désaffectés. Les jeunes s'expatrient en masse. Au début de son règne, il y avait neuf milliards d'habitants.

MARIE

Ils étaient trop nombreux. Il n'y avait plus de place.

MARGUERITE

Maintenant, il ne reste plus qu'un millier de vieillards. Moins. Ils trépassent pendant que je vous parle.

MARIE

Il y a aussi quarante-cinq jeunes gens.

MARGUERITE

Ceux dont on n'a pas voulu ailleurs. On n'en voulait

pas non plus; on nous les a renvoyés de force. D'ailleurs, ils vieillissent très vite. Rapatriés à vingt-cinq ans, ils en ont quatre-vingts au bout de deux jours. Vous n'allez pas prétendre qu'ils vieillissent normalement.

MARIE

Mais le Roi, lui, il est encore tout jeune.

MARGUERITE

Il l'était hier, il l'était cette nuit. Vous allez voir tout à l'heure.

LE GARDE, *annonçant.*

Voici Sa Sommité, le Médecin qui revient. Sa Sommité, Sa Sommité.

Entre le Médecin par la grande porte à gauche qui s'ouvre et se referme toute seule. Il a l'air à la fois d'un astrologue et d'un bourreau. Il porte sur la tête un chapeau pointu, des étoiles. Il est vêtu de rouge, une cagoule attachée à son col, une grande lunette à la main.

LE MÉDECIN, *à Marguerite.*

Bonjour, Majesté. *(A Marie.)* Bonjour, Majesté. Que Vos Majestés m'excusent, je suis un peu en retard, je viens directement de l'hôpital où j'ai dû faire quelques interventions chirurgicales du plus haut intérêt pour la science.

MARIE

Le Roi n'est pas opérable.

MARGUERITE

En effet, il ne l'est plus.

LE MÉDECIN, *regardant Marguerite*
puis Marie.

Je sais. Pas Sa Majesté.

MARIE

Docteur, est-ce qu'il y a du nouveau? Cela va
peut-être mieux, n'est-ce pas? N'est-ce pas? Une
amélioration n'est pas impossible?

LE MÉDECIN

C'est une situation-type qui ne peut changer.

MARIE

C'est vrai, pas d'espoir, pas d'espoir. *(En regardant Marguerite.)* Elle ne veut pas que j'espère,
elle me l'interdit.

MARGUERITE

Beaucoup de gens ont la folie des grandeurs. Vous
avez une folie de la petitesse. On n'a jamais vu une
reine pareille! Vous me faites honte. Ah! Elle va
encore pleurer.

LE MÉDECIN

En vérité, il y a tout de même du nouveau si vous
voulez.

MARIE

Quel nouveau?

LE MÉDECIN

Du nouveau qui ne fait que confirmer les indica-
tions précédentes. Mars et Saturne sont entrés en
collision.

MARGUERITE

On s'y attendait.

LE MÉDECIN

Les deux planètes ont éclaté.

MARGUERITE

C'est logique.

LE MÉDECIN

Le soleil a perdu entre cinquante et soixante-quinze pour cent de sa force.

MARGUERITE

Cela va de soi.

LE MÉDECIN

Il tombe de la neige au pôle Nord du soleil. La Voie lactée a l'air de s'agglutiner. La comète est épuisée de fatigue, elle a vieilli, elle s'entoure de sa queue, s'enroule sur elle-même comme un chien moribond.

MARIE

Ce n'est pas vrai, vous exagérez. Si, si, vous exagérez.

LE MÉDECIN

Vous voulez voir dans la lunette?

MARGUERITE, *au Médecin.*

Ce n'est pas la peine. On vous croit. Quoi d'autre?

LE MÉDECIN

Le printemps qui était là hier soir nous a quitté

il y a deux heures trente. Voici novembre. Au-delà des frontières, l'herbe s'est mise à pousser. Là-bas, les arbres reverdissent. Toutes les vaches vêlent deux fois par jour, un veau le matin, un second l'après-midi vers cinq heures, cinq heures et quart. Chez nous, les feuilles se sont desséchées, elles se décrochent. Les arbres soupirent et meurent. La terre se fend encore plus que d'habitude.

LE GARDE, *annonçant*.

L'Institut météorologique du royaume nous fait remarquer que le temps est mauvais.

MARIE

J'entends la terre qui se fend, j'entends, oui, hélas, j'entends!

MARGUERITE

C'est la fissure qui s'élargit et se propage.

LE MÉDECIN

La foudre s'immobilise dans le ciel, les nuages pleuvent des grenouilles, le tonnerre gronde. On ne l'entend pas car il est muet. Vingt-cinq habitants se sont liquéfiés. Douze ont perdu leur tête Décapités. Cette fois, sans mon intervention.

MARGUERITE

Ce sont bien les signes.

LE MÉDECIN

D'autre part...

MARGUERITE, *l'interrompant*.

Ne continuez pas, cela suffit. C'est ce qui arrive toujours en pareil cas. Nous connaissons.

LE GARDE, *annonçant.*

Sa Majesté, le Roi! *(Musique.)* Attention, Sa Majesté. Vive le Roi!

Le Roi entre par la porte du fond à droite. Il a les pieds nus. Juliette entre derrière lui.

MARGUERITE

Où a-t-il semé ses pantoufles?

JULIETTE

Sire, les voici.

MARGUERITE, *au Roi.*

Quelle mauvaise habitude de marcher les pieds nus.

MARIE, *à Juliette.*

Mettez-lui ses pantoufles plus vite. Il va attraper froid.

MARGUERITE

Qu'il attrape froid ou non, cela n'a pas d'importance. C'est tout simplement une mauvaise habitude.

Pendant que Juliette met les pantoufles aux pieds du Roi et que Marie va à la rencontre de celui-ci, la musique royale continue de s'entendre.

LE MÉDECIN, *s'inclinant humblement et mielleusement.*

Je me permets de souhaiter le bonjour à Votre Majesté. Ainsi que mes meilleurs vœux.

MARGUERITE

Ce n'est plus qu'une formule creuse

LE ROI, *à Marie, puis à Marguerite.*

Bonjour, Marie. Bonjour, Marguerite. Toujours là?
Je veux dire, tu es déjà là! Comment ça va? Moi, ça
ne va pas! Je ne sais pas très bien ce que j'ai, mes
membres sont un peu engourdis, j'ai eu du mal à me
lever, j'ai mal aux pieds! Je vais changer de pantoufles. J'ai peut-être grandi! J'ai mal dormi, cette
terre qui craque, ces frontières qui reculent, ce bétail
qui beugle, ces sirènes qui hurlent, il y a vraiment
trop de bruit. Il faudra tout de même que j'y mette
bon ordre. On va tâcher d'arranger cela. Aïe, mes
côtes! *(Au Docteur.)* Bonjour, Docteur. Est-ce un
lumbago? *(Aux autres.)* J'attends un ingénieur...
étranger. Les nôtres ne valent plus rien. Cela leur est
égal. D'ailleurs, nous n'en avons pas. Pourquoi a-t-on
fermé l'École Polytechnique? Ah, oui! Elle est tombée dans le trou. Pourquoi en bâtir d'autres puisqu'elles tombent dans le trou, toutes. J'ai mal à la
tête, par-dessus le marché. Et ces nuages... J'avais
interdit les nuages. Nuages! Assez de pluie. Je dis :
assez. Assez de pluie. Je dis : assez. Ah! Tout de
même. Il recommence. Idiot de nuage. Il n'en finit
plus celui-là avec ces gouttes à retardement. On dirait
un vieux pisseux. *(A Juliette.)* Qu'as-tu à me regarder? Tu es bien rouge aujourd'hui. C'est plein de
toiles d'araignées dans ma chambre à coucher. Va
donc les nettoyer.

JULIETTE

Je les ai enlevées toutes pendant que Votre
Majesté dormait encore. Je ne sais d'où ça vient.
Elles n'arrêtent pas de repousser.

LE MÉDECIN, *à Marguerite.*

Vous voyez, Majesté. Cela se confirme de plus en
plus.

30

LE ROI, *à Marie.*

Qu'est-ce que tu as, ma beauté?

MARIE, *bafouillant.*

Je ne sais pas... rien... Je n'ai rien.

LE ROI

Tu as les yeux cernés. Tu as pleuré? Pourquoi?

MARIE

Mon Dieu!

LE ROI, *à Marguerite.*

Je défends qu'on lui fasse de la peine. Et pourquoi dit-elle « Mon Dieu »?

MARGUERITE

C'est une expression. *(A Juliette.)* Va nettoyer de nouveau les toiles d'araignées.

LE ROI

Ah, oui! Ces toiles d'araignées, c'est dégoûtant. Ça donne des cauchemars.

MARGUERITE, *à Juliette.*

Dépêchez-vous, ne traînez pas. Vous ne savez plus vous servir d'un balai?

JULIETTE

Le mien est tout usé. Il m'en faudrait un neuf, il m'en faudrait même douze.

Juliette sort.

LE ROI

Qu'avez-vous tous à me regarder ainsi? Est-ce

31

qu'il y a quelque chose d'anormal? Il n'y a plus rien d'anormal puisque l'anormal est devenu habituel. Ainsi, tout s'arrange.

MARIE, *se précipitant vers le Roi.*

Mon Roi, vous boitez.

LE ROI, *faisant deux ou trois pas en boitant légèrement.*

Je boite? Je ne boite pas. Je boite un peu.

MARIE

Vous avez mal, je vais vous soutenir.

LE ROI

Je n'ai pas mal. Pourquoi aurais-je mal? Si, un tout petit peu. Ce n'est rien. Je n'ai pas besoin d'être soutenu. Pourtant, j'aime que tu me soutiennes.

MARGUERITE, *se dirigeant vers le Roi.*

Sire, je dois vous mettre au courant.

MARIE

Non, taisez-vous.

MARGUERITE, *à Marie.*

Taisez-vous.

MARIE, *au Roi.*

Ce n'est pas vrai ce qu'elle dit.

LE ROI

Au courant de quoi? Qu'est-ce qui n'est pas vrai? Marie, pourquoi cet air désolé? Que vous arrive-t-il?

MARGUERITE, *au Roi*.

Sire, on doit vous annoncer que vous allez mourir.

LE MÉDECIN

Hélas, oui, Majesté.

LE ROI

Mais je le sais, bien sûr. Nous le savons tous. Vous me le rappellerez quand il sera temps. Quelle manie avez-vous, Marguerite, de m'entretenir de choses désagréables dès le lever du soleil.

MARGUERITE

Il est déjà midi.

LE ROI

Il n'est pas midi. Ah, si, il est midi. Ça ne fait rien. Pour moi, c'est le matin. Je n'ai encore rien mangé. Que l'on m'apporte mon breakfast. A vrai dire, je n'ai pas trop faim. Docteur, il faudra que vous me donniez des pilules pour réveiller mon appétit et dégourdir mon foie. Je dois avoir la langue saburale, n'est-ce pas?

Il montre sa langue au Docteur.

LE MÉDECIN

En effet, Majesté.

LE ROI

Mon foie s'encrasse. Je n'ai rien bu hier soir, pourtant j'ai un mauvais goût dans la bouche.

LE MÉDECIN

Majesté, la reine Marguerite dit la vérité, vous allez mourir.

Encore? Vous m'ennuyez! Je mourrai, oui, je mourrai. Dans quarante ans, dans cinquante ans, dans trois cents ans. Plus tard. Quand je voudrai, quand j'aurai le temps, quand je le déciderai. En attendant, occupons-nous des affaires du royaume. *(Il monte les marches du trône.)* Aïe! Mes jambes, mes reins. J'ai attrapé froid dans ce palais mal chauffé, avec ces carreaux cassés qui laissent entrer la tempête et les courants d'air. A-t-on remplacé sur le toit les tuiles que le vent avait arrachées? On ne travaille plus. Il faudra que je m'en occupe moi-même. J'ai eu d'autres choses à faire. On ne peut compter sur personne. *(A Marie qui essaye de le soutenir.)* Non, j'arriverai. *(Il s'aide de son sceptre comme d'un bâton.)* Ce sceptre peut encore servir. *(Il réussit péniblement à s'asseoir, aidé tout de même par la reine Marie.)* Mais non, mais non, je peux. Ça y est! Ouf! Il est devenu bien dur ce trône. On devrait le faire rembourrer. Comment se porte le pays ce matin?

MARGUERITE

Ce qu'il en reste.

LE ROI

Ce sont encore de beaux restes. De toute façon, il faut s'en occuper, cela vous changera les idées. Qu'on fasse venir les ministres. *(Apparaît Juliette.)* Allez chercher les ministres, ils sont sans doute encore en train de dormir. Ils s'imaginent qu'il n'y a plus de travail.

JULIETTE

Ils sont partis en vacances. Pas bien loin puisque les terres se sont raccourcies et rabougries. Ils sont à l'autre bout du royaume, c'est-à-dire à trois pas, au coin du bois, au bord du ruisseau. Ils font la pêche, ils espèrent avoir un peu de poisson pour nourrir la population.

LE ROI

Va les chercher au coin du bois.

JULIETTE

Ils ne viendront pas, ils sont en congé. J'y vais voir quand même.

Elle va regarder par la fenêtre.

LE ROI

Quelle indiscipline!

JULIETTE

Ils sont tombés dans le ruisseau.

MARIE

Essaye de les repêcher.

Juliette sort.

LE ROI

Si j'avais deux autres spécialistes du gouvernement dans le pays, je les remplacerais.

MARIE

On en trouvera d'autres.

LE MÉDECIN

On n'en trouvera plus, Majesté.

MARGUERITE

Vous n'en trouverez plus, Bérenger.

MARIE

Si, parmi les enfants des écoles lorsqu'ils seront grands. Il faut attendre un peu. Une fois repêchés, ces deux-là pourront bien gérer les affaires courantes.

LE MÉDECIN

A l'école, il n'y a plus que quelques enfants goitreux, débiles mentaux congénitaux, des mongoliens, des hydrocéphales.

LE ROI

La race n'est pas très bien portante, en effet. Tâchez de les guérir, Docteur, ou de les améliorer un peu. Qu'ils apprennent au moins les quatre, cinq premières lettres de l'alphabet. Autrefois, on les tuait.

LE MÉDECIN

Sa Majesté ne pourrait plus se le permettre! Il n'y aurait plus de sujets.

LE ROI

Qu'on en fasse quelque chose!

MARGUERITE

On ne peut plus rien améliorer, on ne peut plus guérir personne, vous-même ne pouvez plus guérir.

LE MÉDECIN

Sire, vous ne pouvez plus guérir.

LE ROI

Je ne suis pas malade.

MARIE

Il se sent bien. *(Au Roi.)* N'est-ce pas?

LE ROI

Tout au plus quelques courbatures. Ce n'est rien. D'ailleurs, ça va beaucoup mieux.

MARIE

Il dit que ça va bien, vous voyez, vous voyez.

LE ROI

Ça va même très bien.

MARGUERITE

Tu vas mourir dans une heure et demie, tu vas mourir à la fin du spectacle.

LE ROI

Que dites-vous ma chère? Ce n'est pas drôle.

MARGUERITE

Tu vas mourir à la fin du spectacle.

MARIE

Mon Dieu!

LE MÉDECIN

Oui, Sire, vous allez mourir. Vous n'aurez pas votre petit déjeuner demain matin. Pas de dîner ce soir non plus. Le cuisinier a éteint le gaz. Il rend son tablier. Il range pour l'éternité les nappes et les serviettes dans le placard.

MARIE

Ne dites pas si vite, ne dites pas si fort.

LE ROI

Qui donc a pu donner des ordres pareils sans mon consentement? Je me porte bien. Vous vous moquez.

Mensonges. *(A Marguerite.)* Tu as toujours voulu ma mort. *(A Marie.)* Elle a toujours voulu ma mort. *(A Marguerite.)* Je mourrai quand je voudrai, je suis le Roi, c'est moi qui décide.

LE MÉDECIN
Vous avez perdu le pouvoir de décider seul, Majesté.

MARGUERITE
Tu ne peux même plus t'empêcher d'être malade.

LE ROI
Je ne suis pas malade. *(A Marie.)* N'as-tu pas dit que je ne suis pas malade? Je suis toujours beau.

MARGUERITE
Et tes douleurs?

LE ROI
Je n'en ai plus.

MARGUERITE
Bouge un peu, tu verras bien.

LE ROI, *qui vient de se rasseoir, se soulève.*
Aïe!... C'est parce que je ne me suis pas mis dans la tête de ne pas avoir mal. Je n'ai pas eu le temps d'y penser! J'y pense, et je guéris. Le Roi se guérit lui-même mais j'étais trop préoccupé par les affaires du royaume.

MARGUERITE
Dans quel état il est ton royaume! Tu ne peux plus le gouverner, tu t'en aperçois toi-même, tu ne veux pas te l'avouer. Tu n'as plus de pouvoir sur toi; plus de pouvoir sur les éléments. Tu ne peux plus

empêcher les dégradations, tu n'as plus de pouvoir sur nous.

MARIE

Tu auras toujours du pouvoir sur moi.

MARGUERITE

Pas même sur vous.

Juliette entre.

JULIETTE

On ne peut plus repêcher les ministres. Le ruisseau dans lequel ils sont tombés a coulé dans l'abîme avec les berges et les saules qui le bordaient.

LE ROI

Je comprends. C'est un complot. Vous voulez que j'abdique.

MARGUERITE

Cela vaudrait mieux. Abdique volontairement.

LE MÉDECIN

Abdiquez, Sire, cela vaut mieux.

LE ROI

Que j'abdique?

MARGUERITE

Oui. Abdique moralement, administrativement.

LE MÉDECIN

Et physiquement.

MARIE

Ne donne pas ton consentement. Ne les écoute pas.

39

LE ROI

Ils sont fous. Ou bien ce sont des traîtres.

JULIETTE

Sire, pauvre Sire, Sire, pauvre Sire.

MARIE, *au Roi*.

Il faut les faire arrêter.

LE ROI, *au Garde*.

Garde, arrête-les.

MARIE

Garde, arrête-les. *(Au Roi.)* C'est cela. Donne
des ordres.

LE ROI, *au Garde*.

Arrête-les tous. Enferme-les dans la tour. Non,
la tour s'est écroulée. Emmène-les, enferme-les à
clef dans la cave, dans les oubliettes ou dans le cla-
pier. Arrête-les, tous. J'ordonne.

MARIE, *au Garde*.

Arrête-les.

LE GARDE, *sans bouger*.

Au nom de Sa Majesté... je vous... je vous arrête.

MARIE, *au Garde*.

Bouge donc.

JULIETTE

C'est lui qui s'arrête.

LE ROI, *au Garde*.

Fais-le, mais fais-le, Garde.

MARGUERITE

Tu vois, il ne peut plus bouger. Il a la goutte. Des rhumatismes.

LE MÉDECIN, *montrant le Garde.*

Sire, l'armée est paralysée. Un virus inconnu s'est introduit dans son cerveau et sabote les postes de commande.

MARGUERITE, *au Roi.*

Ce sont tes propres ordres, Majesté, tu le vois bien, qui le paralysent.

MARIE, *au Roi.*

Ne la crois pas. Elle veut t'hypnotiser. C'est un problème de volonté. Entraîne tout dans ta volonté.

LE GARDE

Je vous... au nom du Roi... je vous...
> *Il s'arrête de parler, la bouche entrouverte.*

LE ROI, *au Garde.*

Qu'est-ce qui te prend? Parle, avance. Te crois-tu une statue?

MARIE, *au Roi.*

Ne lui pose pas de questions. Ne discute pas. Ordonne. Emporte-le dans le tourbillon de ta volonté.

LE MÉDECIN

Il ne peut plus remuer, vous voyez, Majesté. Il ne peut plus parler, il est pétrifié. Il ne vous écoute plus. C'est un symptôme caractéristique. Médicalement, c'est très net.

LE ROI

Nous verrons bien si je n'ai plus de pouvoir.

MARIE, *au Roi.*

Prouve que tu en as. Tu peux si tu veux.

LE ROI

Je prouve que je veux, je prouve que je peux.

MARIE

D'abord, lève-toi.

LE ROI

Je me lève.

Il fait un grand effort en grimaçant.

MARIE

Tu vois comme c'est simple.

LE ROI

Vous voyez comme c'est simple. Vous êtes des farceurs. Des conjurés, des bolcheviques. *(Il marche. A Marie qui veut l'aider.)* Non, non, tout seul... puisque je peux tout seul. *(Il tombe. Juliette se précipite pour le relever.)* Je me relève tout seul.

Il se relève tout seul, en effet, mais péniblement.

LE GARDE

Vive le Roi! *(Le Roi retombe.)* Le Roi se meurt.

MARIE

Vive le Roi!

Le Roi se relève péniblement, s'aidant de son sceptre.

42

Vive le Roi! *(Le Roi retombe.)* Le Roi est mort.

MARIE

Vive le Roi! Vive le Roi!

MARGUERITE

Quelle comédie.

Le Roi se relève péniblement. Juliette, qui avait disparu, réapparaît.

JULIETTE

Vive le Roi!

Elle disparaît à nouveau. Le Roi retombe.

LE GARDE

Le Roi se meurt

MARIE

Non. Vive le Roi! Relève-toi. Vive le Roi!

JULIETTE, *apparaissant puis disparaissant tandis que le Roi se relève.*

Vive le Roi!

LE GARDE

Vive le Roi!

Cette scène doit être jouée en guignol tragique.

MARIE

Vous voyez bien, cela va mieux.

MARGUERITE

C'est le mieux de la fin, n'est-ce pas, Docteur?

LE MÉDECIN, *à Marguerite*.

C'est évident, ce n'est que le mieux de la fin.

LE ROI

J'avais glissé, tout simplement. Cela peut arriver. Cela arrive. Ma couronne! *(La couronne était tombée par terre pendant la chute. Marie remet la couronne sur la tête du Roi.)* C'est mauvais signe.

MARIE

N'y crois pas.

Le sceptre du Roi tombe.

LE ROI

C'est mauvais signe.

MARIE

N'y crois pas. *(Elle lui donne son sceptre.)* Tiens-le bien dans ta main. Ferme le poing.

LE GARDE

Vive, vive... *(puis il se tait).*

LE MÉDECIN, *au Roi.*

Majesté...

MARGUERITE, *au Médecin, montrant Marie.*

Il faut la calmer celle-là; elle prend la parole à tort et à travers. Elle ne doit plus parler sans notre permission.

Marie s'immobilise

MARGUERITE, *au Médecin, montrant le Roi.*

Essayez, maintenant, de lui faire comprendre.

44

LE MÉDECIN, *au Roi*.

Majesté, il y a des dizaines d'années ou bien il y a trois jours, votre empire était florissant. En trois jours, vous avez perdu les guerres que vous aviez gagnées. Celles que vous aviez perdues, vous les avez reperdues. Depuis que les récoltes ont pourri et que le désert a envahi notre continent, la végétation est allée reverdir les pays voisins qui étaient déserts jeudi dernier. Les fusées que vous voulez envoyer ne partent plus. Ou bien, elles décrochent, retombent avec un bruit mouillé.

LE ROI

Accident technique.

LE MÉDECIN

Autrefois, il n'y en avait pas.

MARGUERITE

Finie la réussite. Tu dois t'en rendre compte.

LE MÉDECIN

Vos douleurs, courbatures...

LE ROI

Je n'en avais jamais eu. C'est la première fois.

LE MÉDECIN

Justement. Là est le signe. C'est bien venu tout d'un coup, n'est-ce pas?

MARGUERITE

Tu devais t'y attendre.

LE MÉDECIN

Cela est venu tout d'un coup, vous n'êtes plus

maître de vous-même. Vous le constatez, Sire. Soyez lucide. Allons, un peu de courage.

LE ROI

Je me suis relevé. Vous mentez. Je me suis relevé.

LE MÉDECIN

Vous avez très mal et vous ne pourrez pas faire un nouvel effort.

MARGUERITE

Bien sûr, cela ne va pas durer longtemps. *(Au Roi.)* Peux-tu encore faire quelque chose? Peux-tu donner un ordre qui soit suivi? Peux-tu changer quelque chose? Tu n'as qu'à essayer.

LE ROI

C'est parce que je n'avais pas mis toute ma volonté que cela s'est délabré. Simple négligence. Tout cela s'arrangera. Tout sera réparé, remis à neuf. On verra bien ce que je peux faire. Garde, bouge, approche.

MARGUERITE

Il ne peut pas. Il ne peut plus obéir qu'aux autres. Garde, fais deux pas. *(Le Garde avance de deux pas.)* Garde, recule.

Le Garde recule de deux pas.

LE ROI

Que la tête du Garde tombe, que la tête du Garde tombe! *(La tête du Garde penche un peu à droite, un peu à gauche.)* Sa tête va tomber, sa tête va tomber.

MARGUERITE

Non. Elle est branlante, seulement. Pas plus qu'avant.

46

LE ROI

Que la tête du Médecin tombe, qu'elle tombe **tout de suite!** Allons, allons!

MARGUERITE

Jamais la tête du Médecin n'a mieux tenu sur ses épaules, jamais elle n'a été plus solide.

LE MÉDECIN

Je m'en excuse, Sire, vous m'en voyez tout confus.

LE ROI

Que la couronne de Marguerite tombe à terre, que sa couronne tombe.

C'est la couronne du Roi qui tombe de nouveau à terre. Marguerite la ramasse.

MARGUERITE

Je vais te la remettre, va.

LE ROI

Merci. Qu'est-ce que c'est que cette sorcellerie? Comment échappez-vous à mon pouvoir? Ne pensez pas que cela va continuer. Je trouverai bien la cause de ce désordre. Il doit y avoir quelque chose de rouillé dans le mécanisme et les enchaînements subtils.

MARGUERITE, *à Marie.*

Tu peux parler, maintenant. Nous te le permettons.

MARIE, *au Roi.*

Dis-moi de faire quelque chose, je le ferai. Donne-moi un ordre. Ordonne, Sire, ordonne. Je t'obéis.

MARGUERITE, *au Médecin.*

Elle pense que ce qu'elle appelle l'amour peut réussir l'impossible. Superstition sentimentale. Les choses ont changé. Il n'en est plus question. Nous sommes déjà au-delà de cela. Déjà au-delà.

MARIE, *qui s'est dirigée à reculons vers la droite et se trouve maintenant près de la fenêtre.*

Ordonne, mon Roi. Ordonne, mon amour. Regarde comme je suis belle. Je sens bon. Ordonnez que je vienne vers vous, que je vous embrasse.

LE ROI, *à Marie.*

Viens vers moi, embrasse-moi. *(Marie reste immobile.)* Entends-tu?

MARIE

Mais oui, je vous entends. Je le ferai.

LE ROI

Viens vers moi.

MARIE

Je voudrais bien. Je vais le faire. Je vais le faire. Mes bras retombent.

LE ROI

Alors, danse. *(Marie ne bouge pas.)* Danse. Alors, au moins, tourne-toi, va vers la fenêtre, ouvre-la et referme.

MARIE

Je ne peux pas.

LE ROI

Tu as sans doute un torticolis, tu as certainement un torticolis. Avance vers moi.

MARIE

Oui, Sire.

LE ROI

Avance vers moi en souriant.

MARIE

Oui, Sire.

LE ROI

Fais-le donc!

MARIE

Je ne sais plus comment faire pour marcher. J'ai oublié subitement.

MARGUERITE, *à Marie.*

Fais quelques pas vers lui.

Marie avance un peu en direction du Roi.

LE ROI

Vous voyez, elle avance.

MARGUERITE

C'est moi qu'elle a écoutée. *(A Marie.)* Arrête. Arrête-toi.

MARIE

Pardonne-moi, Majesté, ce n'est pas ma faute.

MARGUERITE, *au Roi.*

Te faut-il d'autres preuves?

J'ordonne que des arbres poussent du plancher. *(Pause.)* J'ordonne que le toit disparaisse. *(Pause.)* Quoi? Rien? J'ordonne qu'il y ait la pluie. *(Pause. Toujours rien ne se passe.)* J'ordonne qu'il y ait la foudre et que je la tienne dans ma main. *(Pause.)* J'ordonne que les feuilles repoussent. *(Il va à la fenêtre.)* Quoi! Rien? J'ordonne que Juliette entre par la grande porte. *(Juliette entre par la petite porte au fond à droite.)* Pas par celle-là, par celle-ci. Sors par cette porte. *(Il montre la grande porte. Elle sort par la petite porte, à droite, en face. A Juliette.)* J'ordonne que tu restes. *(Juliette sort.)* J'ordonne qu'on entende les clairons. J'ordonne que les cloches sonnent. J'ordonne que cent vingt et un coups de canon se fassent entendre en mon honneur. *(Il prête l'oreille.)* Rien!... Ah si! J'entends quelque chose.

LE MÉDECIN

Ce n'est que le bourdonnement de vos oreilles, Majesté.

MARGUERITE, *au Roi.*

N'essaye plus. Tu te rends ridicule.

MARIE, *au Roi.*

Tu te fatigues trop mon petit Roi. Ne désespère pas. Tu es plein de sueur. Repose-toi un peu. Nous allons recommencer tout à l'heure. Nous réussirons dans une heure.

MARGUERITE, *au Roi.*

Tu vas mourir dans une heure vingt-cinq minutes.

LE MÉDECIN

Oui, Sire. Dans une heure vingt-quatre minutes cinquante secondes.

LE ROI, *à Marie.*

Marie!

MARGUERITE

Dans une heure vingt-quatre minutes quarante et une secondes. *(Au Roi.)* Prépare-toi.

MARIE

Ne cède pas.

MARGUERITE, *à Marie.*

N'essaye plus de le distraire. Ne lui tends pas les bras. Il est déjà sur la pente, tu ne peux plus le retenir. Le programme sera exécuté point par point.

LE GARDE, *annonçant.*

La cérémonie commence!

> *Mouvement général. Mise en place de cérémo-nie. Le Roi est sur le trône, Marie à ses côtés.*

LE ROI

Que le temps retourne sur ses pas.

MARIE

Que nous soyons il y a vingt ans.

LE ROI

Que nous soyons la semaine dernière.

MARIE

Que nous soyons hier soir. Temps retourne, temps retourne; temps, arrête-toi.

MARGUERITE

Il n'y a plus de temps. Le temps a fondu dans sa main.

LE MÉDECIN, *à Marguerite,*
après avoir regardé dans sa lunette
dirigée vers le haut.

En regardant par la lunette qui voit au-delà des murs et des toits, on aperçoit un vide, dans le ciel, à la place de la constellation royale. Sur les registres de l'univers, Sa Majesté est portée défunte.

LE GARDE

Le Roi est mort, vive le Roi!

MARGUERITE, *au Garde.*

Idiot, tu ferais mieux de te taire.

LE MÉDECIN

En effet, il est bien plus mort que vif.

LE ROI

Non. Je ne veux pas mourir. Je vous en prie, ne me laissez pas mourir. Soyez gentils, ne me laissez pas mourir. Je ne veux pas.

MARIE

Que faire pour lui donner la force de résister? Moi-même, je faiblis. Il ne me croit plus, il ne croit plus qu'eux. *(Au Roi.)* Espère tout de même, espère encore.

MARGUERITE, *à Marie.*

Ne l'embrouille pas. Tu ne lui fais plus que du tort.

LE ROI

Je ne veux pas, je ne veux pas.

LE MÉDECIN

La crise était prévue; elle est tout à fait normale. Déjà la première défense est entamée.

MARIE, *à Marguerite.*

La crise passera.

LE GARDE, *annonçant.*

Le Roi passe!

LE MÉDECIN

Nous regretterons beaucoup Votre Majesté! On le dira, c'est promis.

LE ROI

Je ne veux pas mourir.

MARIE

Hélas! Ses cheveux ont blanchi tout d'un coup. *(En effet, les cheveux du Roi ont blanchi.)* Les rides s'accumulent sur son front, sur son visage. Il a vieilli soudain de quatorze siècles.

LE MÉDECIN

Si vite démodé.

LE ROI

Les rois devraient être immortels.

MARGUERITE

Ils ont une immortalité provisoire.

LE ROI

On m'avait promis que je ne mourrais que lorsque je l'aurais décidé moi-même.

MARGUERITE

C'est parce qu'on pensait que tu déciderais plus tôt. Tu as pris goût à l'autorité, il faut que tu décides de force. Tu t'es enlisé dans la boue tiède des vivants. Maintenant, tu vas geler.

LE ROI

On m'a trompé. On aurait dû me prévenir, on m'a trompé.

MARGUERITE

On t'avait prévenu.

LE ROI

Tu m'avais prévenu trop tôt. Tu m'avertis trop tard. Je ne veux pas mourir... Je ne voudrais pas. Qu'on me sauve puisque je ne peux plus le faire moi-même.

MARGUERITE

C'est ta faute si tu es pris au dépourvu, tu aurais dû t'y préparer. Tu n'as jamais eu le temps. Tu étais condamné, il fallait y penser dès le premier jour, et puis, tous les jours, cinq minutes tous les jours. Ce n'était pas beaucoup. Cinq minutes tous les jours. Puis dix minutes, un quart d'heure, une demi-heure. C'est ainsi que l'on s'entraîne.

LE ROI

J'y avais pensé.

MARGUERITE

Jamais sérieusement, jamais profondément, jamais de tout ton être.

MARIE

Il vivait.

MARGUERITE

Trop. *(Au Roi.)* Tu aurais dû garder cela comme une pensée permanente au tréfonds de toutes tes pensées.

LE MÉDECIN

Il n'a jamais été prévoyant, il a vécu au jour le jour comme n'importe qui.

MARGUERITE

Tu t'accordais des délais. A vingt ans, tu disais que tu attendrais la quarantième année pour commencer l'entraînement. A quarante ans...

LE ROI

J'étais en si bonne santé, j'étais si jeune!

MARGUERITE

A quarante ans, tu t'es proposé d'attendre jusqu'à cinquante ans. A cinquante ans...

LE ROI

J'étais plein de vie, comme j'étais plein de vie!

MARGUERITE

A cinquante ans, tu voulais attendre la soixantaine. Tu as eu soixante ans, quatre-vingt-dix ans, cent vingt-cinq ans, deux cents ans, quatre cents ans. Tu n'ajournais plus les préparatifs pour dans dix ans, mais pour dans cinquante ans. Puis, tu as remis cela de siècle en siècle.

LE ROI

J'avais justement l'intention de commencer. Ah!
Si je pouvais avoir un siècle devant moi peut-être
aurais-je le temps!

LE MÉDECIN

Il ne vous reste qu'un peu plus d'une heure, Sire.
Il faut tout faire en une heure.

MARIE

Il n'aura pas le temps, ce n'est pas possible. Il
faut lui donner du temps.

MARGUERITE

C'est cela qui est impossible. Mais en une heure, il
a tout son temps.

LE MÉDECIN

Une heure bien remplie vaut mieux que des siècles
et des siècles d'oubli et de négligence. Cinq minutes
suffisent, dix secondes conscientes. On lui donne
une heure : soixante minutes, trois mille six cents
secondes. Il a de la chance.

MARGUERITE

Il a flâné sur les routes.

MARIE

Nous avons régné, il a travaillé.

LE GARDE

Des travaux d'Hercule.

MARGUERITE

Du bricolage.

JULIETTE

Pauvre Majesté, pauvre Sire, il a fait l'école buissonnière.

LE ROI

Je suis comme un écolier qui se présente à l'examen sans avoir fait ses devoirs. Sans avoir préparé sa leçon...

MARIE, *au Roi.*

Ne t'inquiète pas.

LE ROI

... Comme un comédien qui ne connaît pas son rôle le soir de la première et qui a des trous, des trous, des trous. Comme un orateur qu'on pousse à la tribune, qui ne connaît pas le premier mot de son discours, qui ne sait même pas à qui il s'adresse. Je ne connais pas ce public, je ne veux pas le connaître, je n'ai rien à lui dire. Dans quel état suis-je!

LE GARDE, *annonçant.*

Le Roi fait allusion à son état.

MARGUERITE

Dans quelle ignorance!

JULIETTE

Il voudrait encore faire l'école buissonnière pendant plusieurs siècles.

LE ROI

J'aimerais redoubler.

MARGUERITE

Tu passeras l'examen. Il n'y a pas de redoublants.

LE MÉDECIN

Vous n'y pouvez rien, Majesté. Et nous n'y pouvons rien. Nous ne sommes que les représentants de la médecine qui ne fait pas de miracle.

LE ROI

Le peuple est-il au courant? L'avez-vous averti? Je veux que tout le monde sache que le Roi va mourir. *(Il se précipite vers la fenêtre, l'ouvre dans un grand effort car il boite un peu plus.)* Braves gens, je vais mourir. Écoutez-moi, votre Roi va mourir.

MARGUERITE, *au Médecin.*

Il ne faut pas qu'on entende. Empêchez-le de crier.

LE ROI

Ne touchez pas au Roi. Je veux que tout le monde sache que je vais mourir.

Il crie.

LE MÉDECIN

C'est un scandale.

LE ROI

Peuple, je dois mourir.

MARGUERITE

Ce n'est plus un roi, c'est un porc qu'on égorge.

MARIE

Ce n'est qu'un roi, ce n'est qu'un homme.

LE MÉDECIN

Majesté, songez à la mort de Louis XIV, à celle de Philippe II, à celle de Charles Quint qui a dormi vingt ans dans son cercueil. Le devoir de Votre Majesté est de mourir dignement.

LE ROI

Mourir dignement? *(A la fenêtre.)* Au secours! Votre Roi va mourir.

MARIE

Pauvre Roi, mon pauvre Roi.

JULIETTE

Cela ne sert à rien de crier.

> *On entend un faible écho dans le lointain :* « *Le Roi va mourir!* »

LE ROI

Vous entendez?

MARIE

Moi j'entends, j'entends.

LE ROI

On me répond, on va peut-être me sauver.

JULIETTE

Il n'y a personne.

> *On entend l'écho :* « *Au secours!* »

LE MÉDECIN

Ce n'est rien d'autre que l'écho qui répond avec retardement.

MARGUERITE

Le retardement habituel dans ce royaume où tout fonctionne si mal.

LE ROI, *quittant la fenêtre.*

Ce n'est pas possible. *(Revenant à la fenêtre.)* J'ai peur. Ce n'est pas possible.

MARGUERITE

Il s'imagine qu'il est le premier à mourir.

MARIE

Tout le monde est le premier à mourir.

MARGUERITE

C'est bien pénible.

JULIETTE

Il pleure comme n'importe qui.

MARGUERITE

Sa frayeur ne lui inspire que des banalités. J'espérais qu'il aurait eu de belles phrases exemplaires. *(Au Médecin.)* Je vous charge de la chronique. Nous lui prêterons les belles paroles des autres. Nous en inventerons au besoin.

LE MÉDECIN

Nous lui prêterons des sentences édifiantes. *(A Marguerite.)* Nous soignerons sa légende. *(Au Roi.)* Nous soignerons votre légende, Majesté.

LE ROI, *à la fenêtre.*

Peuple, au secours... Peuple, au secours!

MARGUERITE

Vas-tu finir, Majesté? Tu te fatigues en vain.

LE ROI, *à la fenêtre.*

Qui veut me donner sa vie? Qui veut donner sa vie au Roi, sa vie au bon Roi, sa vie au pauvre Roi?

MARGUERITE

Indécent!

MARIE

Qu'il tente toutes ses chances, même les plus improbables.

JULIETTE

Puisqu'il n'y a personne dans le pays.

Elle sort.

MARGUERITE

Il y a les espions.

LE MÉDECIN

Il y a les oreilles ennemies qui guettent aux frontières.

MARGUERITE

Sa peur va nous couvrir tous de honte.

LE MÉDECIN

L'écho ne répond plus. Sa voix ne porte plus. Il a beau crier, sa voix s'arrête. Elle ne va même pas jusqu'à la clôture du jardin.

MARGUERITE, *tandis que le Roi gémit.*

Il beugle.

LE MÉDECIN

Il n'y a plus que nous qui l'entendions. **Lui-même**
ne s'entend plus.

> *Le Roi se retourne. Il fait quelques pas vers le
> milieu de la scène.*

LE ROI

J'ai froid, j'ai peur, je pleure.

MARIE

Ses membres s'engourdissent.

LE MÉDECIN

Il est perclus de rhumatismes. *(A Marguerite.)*
Une piqûre pour le calmer?

> *Juliette apparaît avec un fauteuil d'infirme
> à roulettes et dossier avec couronne et insignes
> royaux.*

LE ROI

Je ne veux pas de piqûre.

MARIE

Pas de piqûre.

LE ROI

Je sais ce que cela veut dire. J'en ai fait faire.
(A Juliette.) Je ne vous ai pas dit d'apporter ce
fauteuil. Je veux me promener, je veux prendre
l'air.

> *Juliette laisse le fauteuil dans un coin du pla-
> teau, à droite, et sort.*

MARGUERITE

Assieds-toi dans le fauteuil. Tu vas tomber.

Le Roi chancelle, en effet.

LE ROI

Je n'accepte pas. Je veux rester debout.

Juliette revient avec une couverture.

JULIETTE

Vous seriez mieux, Sire, plus confortable avec une couverture sur les genoux et une bouillotte.

Elle sort.

LE ROI

Non, je veux rester debout, je veux hurler. Je veux hurler. *(Il crie.)*

LE GARDE, *annonçant.*

Sa Majesté hurle!

LE MÉDECIN, *à Marguerite.*

Il ne va pas hurler longtemps. Je connais le processus. Il va se fatiguer. Il s'arrêtera, il nous écoutera.

Juliette entre apportant encore un vêtement chaud et la bouillotte.

LE ROI, *à Juliette.*

Je vous défends.

MARGUERITE

Assieds-toi vite, assieds-toi.

LE ROI

Je n'obéis pas. *(Il veut monter les marches du trône, n'y arrive pas. Il va s'asseoir, tout de même, en s'effondrant, sur le trône de la Reine à gauche.)* Je tombe malgré moi.

Juliette, après avoir suivi le Roi avec les objets indiqués ci-dessus, va les remettre dans le fauteuil à roulettes.

MARGUERITE, *à Juliette.*

Prends son sceptre, il est trop lourd.

LE ROI, *à Juliette*
qui revient vers lui avec un bonnet.

Je ne veux pas de ce bonnet. *(On ne lui en met pas.)*

JULIETTE

C'est une couronne moins lourde.

LE ROI

Laisse-moi mon sceptre.

MARGUERITE

Tu n'as plus la force de le tenir.

LE MÉDECIN

Plus la peine de vous appuyer dessus. On vous portera, on vous roulera dans le fauteuil.

LE ROI

Je veux le garder.

MARIE, *à Juliette.*

Laisse-lui le sceptre puisqu'il le désire.

Juliette regarde la reine Marguerite d'un air interrogateur.

MARGUERITE

Après tout, je n'y vois pas d'inconvénient.

Juliette rend le sceptre au Roi.

LE ROI

Ce n'est peut-être pas vrai. Dites-moi que ce n'est pas vrai. C'est un cauchemar. *(Silence des autres.)* Il y a peut-être une chance sur dix, une chance sur mille. *(Silence des autres; le Roi sanglote.)* Je gagnais souvent à la loterie.

LE MÉDECIN

Majesté!

LE ROI

Je ne peux plus vous écouter, j'ai trop peur.

Il sanglote, il gémit.

MARGUERITE

Tu dois écouter, Sire.

LE ROI

Je ne veux pas de vos paroles. Elles me font peur. Je ne veux plus entendre parler. *(A Marie qui voulait s'approcher de lui.)* N'approche pas, toi non plus. Ta pitié me fait peur.

Le Roi gémit de nouveau.

MARIE

Il est comme un petit enfant. Il est redevenu un petit enfant.

MARGUERITE

Un petit enfant barbu, ridé, moche. Que vous êtes indulgente!

JULIETTE, *à Marguerite.*

Vous ne vous mettez pas à sa place.

LE ROI

Parlez-moi, au contraire, parlez. Entourez-moi, retenez-moi. Qu'on me soutienne. Non, je veux fuir.

Il se lève difficilement et ira s'installer sur l'autre petit trône à droite.

JULIETTE

Ses jambes ne le portent plus.

LE ROI

J'ai du mal aussi à bouger mes bras. Est-ce que cela commence? Non. Pourquoi suis-je né si ce n'était pas pour toujours? Maudits parents. Quelle drôle d'idée, quelle bonne blague! Je suis venu au monde il y a cinq minutes, je me suis marié il y a trois minutes.

MARGUERITE

Cela fait deux cent quatre-vingt-trois ans.

LE ROI

Je suis monté sur le trône il y a deux minutes et demie.

MARGUERITE

Il y a deux cent soixante-dix-sept ans et trois mois.

LE ROI

Pas eu le temps de dire ouf! Je n'ai pas eu le temps de connaître la vie.

MARGUERITE, *au Médecin.*

Il n'a fait aucun effort pour cela.

MARIE

Ce ne fut qu'une courte promenade dans une allée

66

fleurie, une promesse non tenue, un sourire qui s'est refermé.

MARGUERITE, *au Médecin, continuant.*

Il avait pourtant les plus grands savants pour lui expliquer. Et des théologiens, et des personnes d'expérience, et des livres qu'il n'a jamais lus.

LE ROI

Je n'ai pas eu le temps.

MARGUERITE, *au Roi.*

Tu disais que tu avais tout ton temps.

LE ROI

Je n'ai pas eu le temps, je n'ai pas eu le temps, je n'ai pas eu le temps.

JULIETTE

Il remet cela.

MARGUERITE, *au Médecin.*

C'est tout le temps la même chose.

LE MÉDECIN

Ça va plutôt mieux. Il gémit, il pleure, mais il commence tout de même à raisonner. Il se plaint, il s'exprime, il proteste, cela veut dire qu'il commence à se résigner.

LE ROI

Je ne me résignerai jamais.

LE MÉDECIN

Puisqu'il dit qu'il ne le veut pas, c'est un signe

qu'il va se résigner. Il met la résignation en question. Il se pose le problème.

MARGUERITE

Enfin!

LE MÉDECIN

Majesté, vous avez fait cent quatre-vingts fois la guerre. A la tête de vos armées, vous avez participé à deux mille batailles. D'abord, sur un cheval blanc avec un panache rouge et blanc très voyant et vous n'avez pas eu peur. Ensuite, quand vous avez modernisé l'armée, debout sur un tank ou sur l'aile de l'avion de chasse en tête de la formation.

MARIE

C'était un héros.

LE MÉDECIN

Vous avez frôlé mille fois la mort.

LE ROI

Je la frôlais seulement. Elle n'était pas pour moi, je le sentais.

MARIE

Tu étais un héros, entends-tu? Souviens-toi.

MARGUERITE

Tu as fait assassiner par ce médecin et bourreau ici présent...

LE ROI

Exécuter, non pas assassiner.

LE MÉDECIN, à *Marguerite*.

Exécuter, Majesté, non pas assassiner. J'obéissais

aux ordres. J'étais un simple instrument, un exé-
cutant plutôt qu'un exécuteur, et je le faisais eutha-
nasiquement. D'ailleurs, je le regrette. Pardon.

MARGUERITE, *au Roi.*

Je dis : tu as fait massacrer mes parents, tes frères
rivaux, nos cousins et arrière-petits-cousins, leurs
familles, leurs amis, leur bétail. Tu as fait incendier
leurs terres.

LE MÉDECIN

Sa Majesté disait que de toute façon ils allaient
mourir un jour.

LE ROI

C'était pour des raisons d'État.

MARGUERITE

Tu meurs aussi pour une raison d'État.

LE ROI

Mais l'État, c'est moi.

JULIETTE

Le malheureux! Dans quel état!

MARIE

Il était la loi, au-dessus des lois.

LE ROI

Je ne suis plus la loi.

LE MÉDECIN

Il l'admet. C'est de mieux en mieux.

MARGUERITE

Ça facilite la chose.

LE ROI, *gémissant.*

Je ne suis plus au-dessus des lois, je ne suis plus au-dessus des lois.

LE GARDE, *annonçant.*

Le Roi n'est plus au-dessus des lois.

JULIETTE

Il n'est plus au-dessus des lois, pauvre vieux. Il est comme nous. On dirait mon grand-père.

MARIE

Pauvre petit, mon pauvre enfant.

LE ROI

Un enfant! Un enfant! Alors je recommence! Je veux recommencer. *(A Marie.)* Je veux être un bébé, tu seras ma mère. Alors, on ne viendra pas me chercher. Je ne sais pas lire, je ne sais pas écrire, je ne sais pas compter. Qu'on me mène à l'école avec des petits camarades. Combien font deux et deux?

JULIETTE

Deux et deux font quatre.

MARGUERITE, *au Roi.*

Tu le sais.

LE ROI

C'est elle qui a soufflé... Hélas, on ne peut pas tricher. Hélas, hélas, tant de gens naissent en ce moment, des naissances innombrables dans le monde entier.

MARGUERITE

Pas dans notre pays.

LE MÉDECIN

La natalité est réduite à zéro.

JULIETTE

Pas une salade ne pousse, pas une herbe.

MARGUERITE, *au Roi.*

La stérilité absolue, à cause de toi.

MARIE

Je ne veux pas qu'on l'accable.

JULIETTE

Tout repoussera peut-être.

MARGUERITE

Quand il aura accepté. Sans lui.

LE ROI

Sans moi, sans moi. Ils vont rire, ils vont bouffer, ils vont danser sur ma tombe. Je n'aurai jamais existé. Ah, qu'on se souvienne de moi. Que l'on pleure, que l'on désespère. Que l'on perpétue ma mémoire dans tous les manuels d'histoire. Que tout le monde connaisse ma vie par cœur. Que tous la revivent. Que les écoliers et les savants n'aient pas d'autre sujet d'étude que moi, mon royaume, mes exploits. Qu'on brûle tous les autres livres, qu'on détruise toutes les statues, qu'on mette la mienne sur toutes les places publiques. Mon image dans tous les ministères, dans les bureaux de toutes les sous-préfectures, chez les contrôleurs fiscaux, dans les hôpitaux. Qu'on donne mon nom à tous les avions, à tous les vaisseaux,

aux voitures à bras et à vapeur. Que tous les autres rois, les guerriers, les poètes, les ténors, les philosophes soient oubliés et qu'il n'y ait plus que moi dans toutes les consciences. Un seul nom de baptême, un seul nom de famille pour tout le monde. Que l'on apprenne à lire en épelant mon nom : B-é-Bé, Bérenger. Que je sois sur les icônes, que je sois sur les millions de croix dans toutes les églises. Que l'on dise des messes pour moi, que je sois l'hostie. Que toutes les fenêtres éclairées aient la couleur et la forme de mes yeux, que les fleuves dessinent dans les plaines le profil de mon visage! Que l'on m'appelle éternellement, qu'on me supplie, que l'on m'implore.

MARIE

Peut-être reviendras-tu?

LE ROI

Peut-être reviendrai-je. Que l'on garde mon corps intact dans un palais sur un trône, que l'on m'apporte des nourritures. Que des musiciens jouent pour moi, que des vierges se roulent à mes pieds refroidis.

Le Roi s'est levé pour dire cette tirade.

JULIETTE, *à Marguerite.*

C'est le délire, Madame.

LE GARDE, *annonçant.*

Sa Majesté, le Roi délire.

MARGUERITE

Pas encore. Il est encore trop sensé. A la fois trop et pas assez.

LE MÉDECIN, *au Roi.*

Si telle est votre volonté, on embaumera votre corps, on le conservera.

JULIETTE

Tant qu'on pourra.

LE ROI

Horreur! Je ne veux pas qu'on m'embaume. Je
ne veux pas de ce cadavre. Je ne veux pas qu'on me
brûle! Je ne veux pas qu'on m'enterre, je ne veux
pas qu'on me donne aux vautours ni aux fauves.
Je veux qu'on me garde dans des bras chauds, dans
des bras frais, dans des bras tendres, dans des bras
fermes.

JULIETTE

Il ne sait pas très bien ce qu'il veut.

MARGUERITE

Nous déciderons pour lui. *(A Marie.)* Ne vous
évanouissez pas. *(Juliette pleure.)* Celle-là aussi.
C'est toujours pareil.

LE ROI

Si l'on se souvient de moi, ce sera pour combien de
temps? Qu'ils se souviennent jusqu'à la fin des
temps, et après la fin des temps, dans vingt mille ans,
dans deux cent cinquante-cinq milliards d'années...
Plus personne pour personne. Ils oublieront avant.
Des égoïstes, tous, tous. Ils ne pensent qu'à leur vie,
qu'à leur peau. Pas à la mienne. Si toute la terre s'use
et fond, cela viendra, si tous les univers éclatent, ils
éclateront, que ce soit demain ou dans des siècles
et des siècles, c'est la même chose. Ce qui doit finir
est déjà fini.

MARGUERITE

Tout est hier.

Même aujourd'hui c'était hier.

Tout est passé.

Mon chéri, mon Roi, il n'y a pas de passé, il n'y a pas de futur. Dis-le-toi, il y a un présent jusqu'au bout, tout est présent; sois présent. Sois présent.

Hélas! Je ne suis présent qu'au passé.

Mais non.

C'est cela, sois lucide, Bérenger.

Oui, sois lucide, mon Roi, mon chéri. Ne te tourmente plus. Exister, c'est un mot, mourir est un mot, des formules, des idées que l'on se fait. Si tu comprends cela, rien ne pourra t'entamer. Saisis-toi, tiens-toi bien, ne te perds plus de vue, plonge dans l'ignorance de toute autre chose. Tu es, maintenant, tu es. Ne sois plus qu'une interrogation infinie : qu'est-ce que c'est, qu'est-ce que... L'impossibilité de répondre est la réponse même, elle est ton être même qui éclate, qui se répand. Plonge dans l'étonnement et la stupéfaction sans limites ainsi tu peux être sans limites, ainsi tu peux être infiniment. Sois étonné, sois ébloui, tout est étrange, indéfinissable. Écarte les barreaux de la prison, enfonce ses murs, évade-toi des définitions. Tu respireras.

LE MÉDECIN

Il étouffe.

MARGUERITE

La peur lui bouche l'horizon.

MARIE

Laisse-toi inonder par la joie, par la lumière, sois étonné, sois ébloui. L'éblouissement pénètre les chairs et les os comme un flot, comme un fleuve de lumière éclatant. Si tu le veux.

JULIETTE

Il voudrait bien.

MARIE, joignant les mains;
ton des supplications.

Souviens-toi, je t'en supplie, de ce matin de juin au bord de la mer, où nous étions ensemble, la joie t'éclairait, te pénétrait. Tu l'as eue cette joie, tu disais qu'elle était là, inaltérable, féconde, intarissable. Si tu l'as dit, tu le dis. Cette resplendissante aurore était en toi. Si elle l'était, elle l'est toujours. Retrouve-la. En toi-même, cherche-la.

LE ROI

Je ne comprends pas.

MARIE

Tu ne te comprends plus.

MARGUERITE

Il ne s'est jamais compris.

MARIE

Ressaisis-toi.

Comment m'y prendre? On ne peut pas, ou bien on ne veut pas m'aider. Moi-même, je ne puis m'aider. O soleil, aide-moi soleil, chasse l'ombre, empêche la nuit. Soleil, soleil éclaire toutes les tombes, entre dans tous les coins sombres et les trous et les recoins, pénètre en moi. Ah! Mes pieds commencent à refroidir, viens me réchauffer, que tu entres dans mon corps, sous ma peau, dans mes yeux. Rallume leur lumière défaillante, que je voie, que je voie, que je voie. Soleil, soleil, me regretteras-tu? Petit soleil, bon soleil, défends-moi. Dessèche et tue le monde entier s'il faut un petit sacrifice. Que tous meurent pourvu que je vive éternellement même tout seul dans le désert sans frontières. Je m'arrangerai avec la solitude. Je garderai le souvenir des autres, je les regretterai sincèrement. Je peux vivre dans l'immensité transparente du vide. Il vaut mieux regretter que d'être regretté. D'ailleurs, on ne l'est pas. Lumière des jours, au secours!

LE MÉDECIN, *à Marie.*

Ce n'est pas de cette lumière que vous parliez. Ce n'est pas ce désert dans la durée que vous lui recommandiez. Il ne vous a pas comprise, il ne peut plus, pauvre cerveau.

MARGUERITE

Vaine intervention. Ce n'est pas la bonne voie.

LE ROI

Que j'existe même avec une rage de dents pendant des siècles et des siècles. Hélas, ce qui doit finir est déjà fini.

LE MÉDECIN

Alors, Sire, qu'est-ce que vous attendez?

MARGUERITE

Il n'y a que sa tirade qui n'en finit plus. *(Montrant la reine Marie et Juliette.)* Et ces deux femmes qui pleurent. Elles l'enlisent davantage, ça le colle, ça l'attache, ça le freine.

LE ROI

Non, on ne pleure pas assez autour de moi, on ne me plaint pas assez. On ne s'angoisse pas assez. *(A Marguerite.)* Qu'on ne les empêche pas de pleurer, de hurler, d'avoir pitié du Roi, du jeune Roi, du pauvre petit Roi, du vieux Roi. Moi, j'ai pitié quand je pense qu'elles me regretteront, qu'elles ne me verront plus, qu'elles seront abandonnées, qu'elles seront seules. C'est encore moi qui pense aux autres, à tous. Entrez en moi, vous autres, soyez moi, entrez dans ma peau. Je meurs, vous entendez, je veux dire que je meurs, je n'arrive pas à le dire, je ne fais que de la littérature.

MARGUERITE

Et encore!

LE MÉDECIN

Ses paroles ne méritent pas d'être consignées. Rien de nouveau.

LE ROI

Ils sont tous des étrangers. Je croyais qu'ils étaient ma famille. J'ai peur, je m'enfonce, je m'engloutis, je ne sais plus rien, je n'ai pas été. Je meurs.

MARGUERITE

C'est cela la littérature.

LE MÉDECIN

On en fait jusqu'au dernier moment. Tant qu'on
est vivant, tout est prétexte à littérature.

MARIE

Si cela pouvait le soulager.

LE GARDE, *annonçant.*

La littérature soulage un peu le Roi!

LE ROI

Non, non. Je sais, rien ne me soulage. Elle me
remplit, elle me vide. Ah, la la, la, la, la, la, la.
(*Lamentations. Puis, sans déclamation, comme s'il
gémissait doucement.*) Vous tous, innombrables, qui
êtes morts avant moi, aidez-moi. Dites-moi comment
vous avez fait pour mourir, pour accepter. Apprenez-
le-moi. Que votre exemple me console, que je m'ap-
puie sur vous comme sur des béquilles, comme sur
des bras fraternels. Aidez-moi à franchir la porte
que vous avez franchie. Revenez de ce côté-ci un
instant pour me secourir. Aidez-moi, vous, qui avez
eu peur et n'avez pas voulu. Comment cela s'est-il
passé? Qui vous a soutenus? Qui vous a entraînés,
qui vous a poussés? Avez-vous eu peur jusqu'à la
fin? Et vous, qui étiez forts et courageux, qui avez
consenti à mourir avec indifférence et sérénité,
apprenez-moi l'indifférence, apprenez-moi la sérénité,
apprenez-moi la résignation.

> *Les répliques qui suivent doivent être dites
> et jouées comme un rituel, avec solennité, presque
> chantées, avec des mouvements divers des comé-
> diens, agenouillements, bras tendus, etc.*

JULIETTE

Vous les statues, vous les lumineux, ou les ténébreux, vous les anciens, vous les ombres, vous les souvenirs...

MARIE

Apprenez-lui la sérénité.

LE GARDE

Apprenez-lui l'indifférence.

LE MÉDECIN

Apprenez-lui la résignation.

MARGUERITE

Faites-lui entendre raison et qu'il se calme.

LE ROI

Vous, les suicidés, apprenez-moi comment il faut faire pour acquérir le dégoût de l'existence. Apprenez-moi la lassitude. Quelle drogue faut-il prendre pour cela?

LE MÉDECIN

Je peux prescrire des pilules euphoriques, des tranquillisants.

MARGUERITE

Il les vomirait.

JULIETTE

Vous, les souvenirs...

LE GARDE

Vous, les vieilles images...

JULIETTE

...Qui n'existez plus que dans les mémoires...

LE GARDE

Souvenirs de souvenirs de souvenirs...

MARGUERITE

Ce qu'il doit apprendre, c'est de céder un peu, puis de s'abandonner carrément.

LE GARDE

...Nous vous invoquons.

MARIE

Vous, les brumes, vous, les rosées...

JULIETTE

Vous, les fumées, vous, les nuages...

MARIE

Vous, les saintes, vous les sages, vous les folles, aidez-le puisque je ne peux l'aider.

JULIETTE

Aidez-le.

LE ROI

Vous, qui êtes morts dans la joie, qui avez regardé en face, qui avez assisté à votre propre fin...

JULIETTE

Aidez le Roi.

MARIE

Aidez-le vous tous, aidez-le, je vous en supplie.

LE ROI

Vous, les morts heureux, vous avez vu quel visage près du vôtre? Quel sourire vous a détendus et fait sourire? Quelle est la lumière dernière qui vous a éclairés?

JULIETTE

Aidez-le, vous, les milliards de défunts.

LE GARDE

Oh, Grand Rien, aidez le Roi.

LE ROI

Des milliards de morts. Ils multiplient mon angoisse. Je suis leurs agonies. Ma mort est innombrable. Tant d'univers s'éteignent en moi.

MARGUERITE

La vie est un exil.

LE ROI

Je sais, je sais.

LE MÉDECIN

En somme, Majesté, vous retournerez dans votre patrie.

MARIE

Tu iras là où tu étais avant de naître. N'aie pas si peur. Tu dois connaître cet endroit, d'une façon obscure, bien sûr.

LE ROI

J'aime l'exil. Je me suis expatrié. Je ne veux pas y retourner. Quel était ce monde?

MARGUERITE

Souviens-toi, fais un effort.

LE ROI

Je ne vois rien, je ne vois rien.

MARGUERITE

Souviens-toi, allons, pense, allons, réfléchis. Pense,
pense donc, tu n'as jamais pensé.

LE MÉDECIN

Il n'y a plus jamais pensé.

MARIE

Autre monde, monde perdu, monde oublié, monde
englouti, remontez à la surface.

JULIETTE

Autre plaine, autre montagne, autre vallée...

MARIE

Rappelez-lui votre nom.

LE ROI

Aucun souvenir de cette patrie.

JULIETTE

Il ne se souvient pas de sa patrie.

LE MÉDECIN

Il est trop affaibli, il n'est pas en état.

LE ROI

Aucune nostalgie, si ténue, si fugitive soit-elle.

MARGUERITE

Enfonce-toi dans tes souvenirs, plonge dans l'absence de souvenirs, au-delà du souvenir. *(Au Médecin.)* Il n'a du regret que pour ce monde-ci.

MARIE

Souvenir au-delà du souvenir, apparais-lui, aide-le.

LE MÉDECIN

Pour le faire plonger, voyez-vous, c'est toute une histoire.

MARGUERITE

Il faudra bien.

LE GARDE

Sa Majesté n'a jamais été bathyscaphe.

JULIETTE

Dommage. Il n'est pas entraîné.

MARGUERITE

Il faudra bien qu'il apprenne le métier.

LE ROI

Quand elle est en danger de mort, la moindre fourmi se débat, elle est abandonnée, brusquement arrachée à sa collectivité. En elle aussi, tout l'univers s'éteint. Il n'est pas naturel de mourir, puisqu'on ne veut pas. Je veux être.

JULIETTE

Il veut toujours être, il ne connaît que cela.

MARIE

Il a toujours été.

Il faudra qu'il ne regarde plus autour, qu'il ne s'accroche plus aux images, il faut qu'il rentre en lui et qu'il s'enferme. *(Au Roi.)* Ne parle plus, tais-toi, reste dedans. Ne regarde plus, cela te fera du bien.

LE ROI

Je ne veux pas de ce bien.

LE MÉDECIN, *à Marguerite.*

On n'en est pas encore là pour l'instant. Il ne peut pas maintenant. Votre Majesté doit le pousser, bien sûr, pas trop fort encore.

MARGUERITE

Ce ne sera pas facile, mais nous avons la patience.

LE MÉDECIN

Nous sommes sûrs du résultat.

LE ROI

Docteur, Docteur, l'agonie a-t-elle commencé?... Non, vous vous trompez... pas encore... pas encore. *(Sorte de soupir de soulagement.)* Ça n'a pas encore commencé. Je suis, je suis ici. Je vois, il y a ces murs, il y a ces meubles, il y a de l'air, je regarde les regards, les voix me parviennent, je vis, je me rends compte, je vois, j'entends, je vois, j'entends. Les fanfares!

Sortes de fanfares très faibles. Il marche.

LE GARDE

Le Roi marche, vive le Roi!

Le Roi tombe.

JULIETTE

Il tombe.

LE GARDE

Le Roi tombe, le Roi meurt.

Le Roi se relève.

MARIE

Il se relève.

LE GARDE

Le Roi se relève, vive le Roi!

MARIE

Il se relève.

LE GARDE

Vive le Roi! *(Le Roi tombe.)* Le Roi est mort.

MARIE

Il se relève. *(Il se relève en effet.)* Il est vivant.

LE GARDE

Vive le Roi!

Le Roi se dirige vers son trône.

JULIETTE

Il veut s'asseoir sur son trône.

MARIE

Il règne! Il règne!

LE MÉDECIN

Et maintenant, c'est le délire.

MARIE, *au Roi qui essaye de gravir les marches*
du trône en titubant.

Ne lâche pas, accroche-toi. *(A Juliette qui veut*
aider le Roi.) Tout seul, il peut tout seul.

Il n'arrive pas à gravir les marches du trône.

LE ROI

Pourtant, j'ai des jambes.

MARIE

Avance.

MARGUERITE

Il nous reste trente-deux minutes trente secondes.

LE ROI

Je me relève.

LE MÉDECIN

C'est l'avant-dernier sursaut.

Il a parlé à Marguerite.
Le Roi tombe dans le fauteuil à roulettes que
Juliette vient justement d'avancer. On le couvre,
on lui met une bouillotte, il dit toujours :

LE ROI

Je me relève.

La bouillotte, la couverture, etc., viennent petit
à petit dans la scène qui suit, apportées par
Juliette.

MARIE

Tu es essoufflé, tu es fatigué, repose-toi, tu te
relèveras après.

MARGUERITE, *à Marie.*

Ne mens pas. Ça ne l'aide pas.

LE ROI, *dans son fauteuil.*

J'aimais la musique de Mozart.

MARGUERITE

Tu l'oublieras.

LE ROI, *à Juliette.*

As-tu raccommodé mon pantalon? Penses-tu que ce ne soit plus la peine? Il y avait un trou dans mon manteau de pourpre. L'as-tu rapiécé? As-tu recousu les boutons qui manquaient à mon pyjama. As-tu fait ressemeler mes souliers?

JULIETTE

Je n'y ai plus pensé.

LE ROI

Tu n'y as plus pensé! A quoi penses-tu? Parle-moi, que fait ton mari?

Juliette a mis ou met sa coiffe d'infirmière et un tablier blanc.

JULIETTE

Je suis veuve.

LE ROI

A quoi penses-tu quand tu fais le ménage?

JULIETTE

A rien, Majesté.

Tout ce qui va être dit par le Roi dans cette scène doit être dit avec hébétude, stupéfaction, plutôt qu'avec pathétisme.

87

D'où viens-tu? Quelle est ta famille?

MARGUERITE, *au Roi*.
Cela ne t'a jamais intéressé.

MARIE
Il n'a jamais eu le temps de lui demander.

MARGUERITE, *au Roi*.
Cela ne t'intéresse pas vraiment.

LE MÉDECIN
Il veut gagner du temps.

LE ROI, *à Juliette*.
Dis-moi ta vie. Comment vis-tu?

JULIETTE
Je vis mal, Seigneur.

LE ROI
On ne peut pas vivre mal. C'est une contradiction.

JULIETTE
La vie n'est pas belle.

LE ROI
Elle est la vie.
> *Ce n'est pas un véritable dialogue, le Roi se parle plutôt à lui-même.*

JULIETTE
En hiver, quand je me lève, il fait encore nuit. Je suis glacée.

LE ROI

Moi aussi. Ce n'est pas le même froid. Tu n'aimes pas avoir froid?

JULIETTE

En été, quand je me lève, il commence à peine à faire jour. La lumière est blême.

LE ROI, *avec ravissement.*

La lumière est blême! Il y a toutes sortes de lumières : la bleue, la rose, la blanche, la verte, la blême!

JULIETTE

Je lave le linge de toute la maison au lavoir. J'ai mal aux mains, ma peau est crevassée.

LE ROI, *avec ravissement.*

Ça fait du mal. On sent sa peau. On ne t'a pas encore acheté une machine à laver? Marguerite, pas de machine à laver dans un palais!

MARGUERITE

On a dû la laisser en gages pour un emprunt d'État.

JULIETTE

Je vide des pots de chambre. Je fais les lits.

LE ROI

Elle fait les lits! On y couche, on s'y endort, on s'y réveille. Est-ce que tu t'es aperçu que tu te réveillais tous les jours? Se réveiller tous les jours... On vient au monde tous les matins.

JULIETTE

Je frotte les parquets. Je balaye, je balaye, je balaye. Ça n'en finit pas.

LE ROI, *avec ravissement.*

Ça n'en finit pas!

JULIETTE

J'en ai mal dans le dos.

LE ROI

C'est vrai. Elle a un dos. Nous avons un dos.

JULIETTE

J'ai mal aux reins.

LE ROI

Aussi des reins!

JULIETTE

Depuis qu'il n'y a plus de jardinier, je bêche, et je pioche. Je sème.

LE ROI

Et ça pousse!

JULIETTE

Je n'en peux plus de fatigue.

LE ROI

Tu aurais dû nous le dire.

JULIETTE

Je vous l'avais dit.

LE ROI

C'est vrai. Tant de choses m'ont échappé. Je n'ai pas tout su. Je n'ai pas été partout. Ma vie aurait pu être pleine.

JULIETTE

Ma chambre n'a pas de fenêtre.

LE ROI, *avec le même ravissement.*

Pas de fenêtre! On sort. On cherche la lumière. On la trouve. On lui sourit. Pour sortir, tu tournes la clef dans la serrure, tu ouvres la porte, tu fais de nouveau tourner la clef, tu refermes la porte. Où habites-tu?

JULIETTE

Au grenier.

LE ROI

Pour descendre, tu prends l'escalier, tu descends une marche, encore une marche, encore une marche, encore une marche, encore une marche, encore une marche. Pour t'habiller, tu avais mis des bas, des souliers.

JULIETTE

Des souliers éculés!

LE ROI

Une robe. C'est extraordinaire!...

JULIETTE

Une robe moche, de quatre sous.

LE ROI

Tu ne sais pas ce que tu dis. Que c'est beau une robe moche.

JULIETTE

J'ai eu un abcès dans la bouche. On m'a arraché une dent.

LE ROI

On souffre beaucoup. La douleur s'atténue, elle disparaît. Quel soulagement! On est très heureux après.

JULIETTE

Je suis fatiguée, fatiguée, fatiguée.

LE ROI

Après on se repose. C'est bon.

JULIETTE

Je n'en ai pas le loisir.

LE ROI

Tu peux espérer que tu l'auras... Tu marches, tu prends un panier, tu vas faire les courses. Tu dis bonjour à l'épicier.

JULIETTE

Un bonhomme obèse, il est affreux. Tellement laid qu'il fait fuir les chats et les oiseaux.

LE ROI

Comme c'est merveilleux. Tu sors ton porte-monnaie, tu payes, on te rend la monnaie. Au marché, il y a des aliments de toutes les couleurs, salade verte, cerises rouges, raisin doré, aubergine violette... tout l'arc-en-ciel!... Extraordinaire, incroyable. Un conte de fées.

JULIETTE

Ensuite, je rentre... Par le même chemin.

LE ROI

Deux fois par jour le même chemin! Le ciel au-dessus! Tu peux le regarder deux fois par jour. Tu respires. Tu ne penses jamais que tu respires. Penses-y. Rappelle-toi. Je suis sûr que tu n'y fais pas attention. C'est un miracle.

JULIETTE

Et puis, et puis, je lave la vaisselle de la veille. Des assiettes pleines de gras qui colle. Et puis, j'ai la cuisine à faire.

LE ROI

Quelle joie!

JULIETTE

Au contraire. Ça m'ennuie. J'en ai assez.

LE ROI

Ça t'ennuie! Il y a des êtres qu'on ne comprend pas. C'est beau aussi de s'ennuyer, c'est beau aussi de ne pas s'ennuyer, et de se mettre en colère, et de ne pas se mettre en colère, et d'être mécontent et d'être content, et de se résigner et de revendiquer. On s'agite, et vous parlez et on vous parle, vous touchez et on vous touche. Une féerie tout ça, une fête continuelle.

JULIETTE

En effet, ça n'arrête pas. Après, je dois encore servir à table.

LE ROI, *avec le même ravissement.*

Tu sers à table! Tu sers à table! Que sers-tu à table?

JULIETTE

Le repas que j'ai préparé.

LE ROI

Par exemple, quoi?

JULIETTE

Je ne sais pas, le plat du jour, le pot-au-feu!

LE ROI

Le pot-au-feu!... Le pot-au-feu!

Rêveur.

JULIETTE

C'est un repas complet.

LE ROI

J'aimais tellement le pot-au-feu; avec des légumes, des pommes de terre, des choux et des carottes, qu'on mélange avec du beurre et qu'on écrase avec la fourchette pour en faire de la purée.

JULIETTE

On pourrait lui en apporter.

LE ROI

Qu'on m'en apporte.

MARGUERITE

Non.

JULIETTE

Si ça lui fait plaisir.

LE MÉDECIN

Mauvais pour sa santé. Il est à la diète.

LE ROI

Je veux du pot-au-feu.

LE MÉDECIN

Ce n est pas recommandé pour la santé des mou-
rants.

MARIE

C'est peut-être son dernier désir.

MARGUERITE

Il faut qu'il s'en détache.

LE ROI, *rêveur*.

Le bouillon... les pommes de terre chaudes... les
carottes bien cuites.

JULIETTE

Il fait encore des jeux de mots.

LE ROI, *avec fatigue*.

Je n'avais encore jamais remarqué que les carottes
étaient si belles. *(A Juliette.)* Va vite tuer les deux
araignées de la chambre à coucher. Je ne veux pas
qu'elles me survivent. Non, ne les tue pas. Elles ont
peut-être quelque chose de moi... Il est mort, le
pot-au-feu... disparu de l'univers. Il n'y a jamais eu
de pot-au-feu.

LE GARDE, *annonçant.*

Pot-au-feu défendu sur toute l'étendue du territoire.

MARGUERITE

Enfin! Une chose faite! Il y a renoncé. C'est par
les désirs les moins importants que l'on doit commencer. Il faut s'y prendre avec beaucoup d'adresse,
oui, on peut commencer maintenant. Doucement,
comme pour un pansement qui entoure une plaie à
vif, un pansement dont on soulève d'abord les
marges les plus éloignées du cœur de la blessure.
(S'approchant du Roi.) Essuie sa sueur, Juliette, il
est tout trempé. *(A Marie.)* Non, pas toi.

LE MÉDECIN, *à Marguerite.*

C'est sa terreur qui s'en va petit à petit par les
pores. *(Il examine le malade tandis que Marie peut se
mettre un moment à genoux en se couvrant le visage
de ses mains.)* Voyez-vous, sa température a baissé,
pourtant, il n'a presque plus la chair de poule. Ses
cheveux qui s'étaient hérissés se détendent et se
couchent. Il n'est pas encore habitué à l'épouvante,
non, non, mais il peut la regarder dedans, c'est pour
cela qu'il ose fermer les yeux. Il les rouvrira. Les
traits sont encore défaits mais regardez comme les
rides et la vieillesse s'installent sur son visage. Déjà
il les laisse progresser. Il aura encore des secousses,
ça ne vient pas si vite. Mais il n'aura plus les coliques
de la terreur. Cela aurait été déshonorant. Il aura
encore de la terreur, de la terreur pure, sans compli-
cation abdominale. On ne peut espérer une mort
exemplaire. Toutefois, ce sera à peu près convenable.
Il mourra de sa mort et non plus de sa peur. Il faudra
quand même l'aider, Majesté, il faudra beaucoup

l'aider, jusqu'à la dernière seconde, jusqu'au tout dernier souffle.

MARGUERITE

Je l'aiderai. Je le lui ferai sortir. Je le décollerai. Je déferai tous les nœuds, je démêlerai l'écheveau embrouillé, je séparerai les grains de cette ivraie têtue, énorme, qui s'y cramponne.

LE MÉDECIN

Ce ne sera pas commode.

MARGUERITE

Où a-t-il pu attraper tant de mauvaises herbes, toutes ces herbes folles?

LE MÉDECIN

Petit à petit. Elles ont poussé avec les années.

MARGUERITE

Tu deviens sage, Majesté. N'es-tu pas plus tranquille?

MARIE, *se relevant, au Roi*.

Tant qu'elle n'est pas là, tu es là. Quand elle sera là, tu n'y seras plus, tu ne la rencontreras pas, tu ne la verras pas.

MARGUERITE

Les mensonges de la vie, les vieux sophismes! Nous les connaissons. Elle a toujours été là, présente, dès le premier jour, dès le germe. Elle est la pousse qui grandit, la fleur qui s'épanouit, le seul fruit.

MARIE, *à Marguerite*.

Cela aussi est une vérité première, nous la connaissons aussi.

97

MARGUERITE

C'est la première vérité. Et la dernière. N'est-ce pas, Docteur?

LE MÉDECIN

Les deux choses sont vraies. Cela dépend du point de vue.

MARIE, *au Roi.*

Tu me croyais, autrefois.

LE ROI

Je meurs.

LE MÉDECIN

Il a changé de point de vue. Il s'est déplacé.

MARIE

S'il faut regarder des deux côtés, regarde aussi du mien.

LE ROI

Je meurs. Je ne peux pas. Je meurs.

MARIE

Ah! Je perds mon pouvoir sur lui.

MARGUERITE, *à Marie.*

Ton charme et tes charmes ne jouent plus.

LE GARDE, *annonçant.*

Le charme de la reine Marie ne joue plus beaucoup sur le Roi.

MARIE, *au Roi.*

Tu m'aimais, tu m'aimes encore, je t'aime toujours.

MARGUERITE

Elle ne pense qu'à elle.

JULIETTE

C'est naturel.

MARIE

Je t'aime toujours, je t'aime encore.

LE ROI

Je ne sais plus, cela ne m'aide pas.

LE MÉDECIN

L'amour est fou.

MARIE, *au Roi.*

L'amour est fou. Si tu as l'amour fou, si tu aimes insensément, si tu aimes absolument, la mort s'éloigne. Si tu m'aimes moi, si tu aimes tout, la peur se résorbe. L'amour te porte, tu t'abandonnes et la peur t'abandonne. L'univers est entier, tout ressuscite, le vide se fait plein.

LE ROI

Je suis plein, mais de trous. On me ronge. Les trous s'élargissent, ils n'ont pas de fond. J'ai le vertige quand je me penche sur mes propres trous, je finis.

MARIE

Ce n'est pas fini, les autres aimeront pour toi, les autres verront le ciel pour toi.

LE ROI

Je me meurs.

MARIE

Entre dans les autres, sois les autres. Il y aura toujours... cela, cela.

LE ROI

Quoi cela?

MARIE

Tout cela qui est. Cela ne périt pas.

LE ROI

Il y a encore... il y a encore... il y a encore si peu.

MARIE

Les générations jeunes agrandissent l'univers.

LE ROI

Je meurs.

MARIE

Des constellations sont conquises.

LE ROI

Je meurs.

MARIE

Les téméraires enfoncent les portes des cieux.

LE ROI

Qu'ils les défoncent.

LE MÉDECIN

Ils sont aussi en train de fabriquer les élixirs de l'immortalité.

LE ROI, *au Médecin.*

Incapable! Pourquoi ne les as-tu pas inventés toi-même avant?

MARIE

De nouveaux astres sont sur le point d'apparaître.

LE ROI

Je rage.

MARIE

Ce sont des étoiles toutes neuves. Des étoiles vierges.

LE ROI

Elles se flétriront. D'ailleurs, cela m'est égal.

LE GARDE, *annonçant.*

Ni les anciennes ni les nouvelles constellations n'intéressent plus Sa Majesté, le roi Bérenger!

MARIE

Une science nouvelle se constitue.

LE ROI

Je meurs.

MARIE

Une autre sagesse remplace l'ancienne, une plus grande folie, une plus grande ignorance, tout à fait différente, tout à fait pareille. Que cela te console, que cela te réjouisse.

LE ROI

J'ai peur, je meurs.

Tu as préparé tout cela.

LE ROI

Sans le faire exprès.

MARIE

Tu as été une étape, un élément, un précurseur. Tu es de toutes les constructions. Tu comptes. Tu seras compté.

LE ROI

Je ne serai pas le comptable. Je meurs.

MARIE

Tout ce qui a été sera, tout ce qui sera est, tout ce qui sera a été. Tu es inscrit à jamais dans les registres universels.

LE ROI

Qui consultera les archives? Je meurs, que tout meure, non, que tout reste, non, que tout meure puisque ma mort ne peut remplir les mondes! Que tout meure. Non, que tout reste.

LE GARDE

Sa Majesté le Roi veut que tout le reste reste.

LE ROI

Non, que tout meure.

LE GARDE

Sa Majesté le Roi veut que tout meure.

LE ROI

Que tout meure avec moi, non, que tout reste

après moi. Non, que tout meure. Non, que tout reste. Non, que tout meure, que tout reste, que tout meure.

MARGUERITE

Il ne sait pas ce qu'il veut.

JULIETTE

Je crois qu'il ne sait plus ce qu'il veut.

LE MÉDECIN

Il ne sait plus ce qu'il veut. Son cerveau dégénère, c'est la sénilité, le gâtisme.

LE GARDE, *annonçant*.

Sa Majesté devient gâ...

MARGUERITE, *au Garde, l'interrompant*.

Imbécile, tais-toi. Ne donne plus de bulletins de santé pour la presse. Ça ferait rire ceux qui peuvent encore rire et entendre. Ça réjouit les autres, ils surprennent tes paroles par la télégraphie.

LE GARDE, *annonçant*.

Bulletins de santé suspendus, d'ordre de Sa Majesté, la reine Marguerite.

MARIE, *au Roi*.

Mon Roi, mon petit Roi...

LE ROI

Quand j'avais des cauchemars, et que je pleurais en dormant, tu me réveillais, tu m'embrassais, tu me calmais.

103

MARGUERITE

Elle ne peut plus le faire.

LE ROI, *à Marie.*

Quand j'avais des insomnies et que je quittais la chambre, tu te réveillais aussi. Tu venais me chercher dans la salle du trône, dans ta robe de nuit rose avec des fleurs, et tu me ramenais me coucher en me prenant par la main.

JULIETTE

Avec mon mari, c'était pareil.

LE ROI

Je partageais avec toi mon rhume, ma grippe.

MARGUERITE

Tu n'auras plus de rhume.

LE ROI

On ouvrait les yeux en même temps, le matin, je les fermerai tout seul ou chacun de son côté. Nous pensions aux mêmes choses en même temps. Tu terminais la phrase que j'avais commencée dans ma tête. Je t'appelais pour que tu me frottes le dos quand je prenais mon bain. Tu choisissais mes cravates. Je ne les aimais pas toujours. Nous avions des conflits à ce sujet. Personne ne l'a su, personne ne le saura.

LE MÉDECIN

Ce n'était pas très important.

MARGUERITE

Quel petit bourgeois! Vraiment, ça ne doit pas se savoir.

LE ROI, *à Marie.*

Tu n'aimais pas que je sois décoiffé. Tu me peignais.

JULIETTE

C'est attendrissant tout cela.

MARGUERITE, *au Roi.*

Tu ne seras plus dépeigné.

JULIETTE

C'est tout de même bien triste.

LE ROI

Tu essuyais ma couronne, tu en frottais les perles pour les faire briller.

MARIE, *au Roi.*

M'aimes-tu? M'aimes-tu? Je t'aime toujours. M'aimes-tu encore? Il m'aime encore. M'aimes-tu en ce moment? Je suis là... ici... je suis... regarde, regarde... Vois-moi bien... vois-moi un peu.

LE ROI

Je m'aime toujours, malgré tout je m'aime, je me sens encore. Je me vois. Je me regarde.

MARGUERITE, *à Marie.*

Assez! *(Au Roi.)* Ne regarde plus derrière. On te le recommande. Ou alors dépêche-toi. Tout à l'heure, on te l'ordonnera. *(A Marie.)* Tu ne peux plus lui faire que du tort, je te l'avais dit.

LE MÉDECIN, *regardant sa montre.*

Il se met en retard... Il retourne.

MARGUERITE

Ce n'est rien. Ne vous inquiétez pas, monsieur le Docteur, monsieur le Bourreau. Ces retours, ces tours et ces détours... c'était prévu, c'est dans le programme.

LE MÉDECIN

Avec une bonne crise cardiaque, nous n'aurions pas eu tant d'histoires.

MARGUERITE

Les crises cardiaques, c'est pour les hommes d'affaires.

LE MÉDECIN

... Ou bien une double pneumonie!

MARGUERITE

C'est pour les pauvres, pas pour les rois.

LE ROI

Je pourrais décider de ne pas mourir.

JULIETTE

Vous voyez, il n'est pas guéri.

LE ROI

Si je décidais de ne pas vouloir, si je décidais de ne pas vouloir, si je décidais de ne pas me décider!

MARGUERITE

Nous pouvons te décider.

LE GARDE, *annonçant*.

La Reine et le docteur peuvent obliger le Roi à se décider.

C'est notre devoir.

LE ROI

Qui peut vous donner la permission de toucher au Roi, à part le Roi?

MARGUERITE

La force nous le donne, la force des choses, le suprême Décret, les consignes.

LE MÉDECIN, *à Marguerite.*

C'est nous maintenant qui sommes le commandement et les consignes.

LE GARDE, *pendant que Juliette se met à pousser le Roi dans son fauteuil à roulettes et le promène autour du plateau.*

Majesté, mon Commandant, c'est lui qui avait inventé la poudre. Il a volé le feu aux Dieux puis il a mis le feu aux poudres. Tout a failli sauter. Il a tout retenu dans ses mains, il a tout reficelé. Je l'aidais, ce n'était pas commode. Il n'était pas commode. Il a installé les premières forges sur la terre. Il a inventé la fabrication de l'acier. Il travaillait dix-huit heures sur vingt-quatre. Nous autres, il nous faisait travailler davantage encore. Il était ingénieur en chef. Monsieur l'Ingénieur a fait le premier ballon, puis le ballon dirigeable. Enfin, il a construit de ses mains le premier aéroplane. Cela n'a pas réussi tout de suite. Les premiers pilotes d'essai, Icare et tant d'autres, sont tombés dans la mer jusqu'au moment où il a décidé de piloter lui-même. J'étais son mécanicien. Bien avant encore, quand il était petit dauphin, il avait inventé la brouette. Je jouais avec lui. Puis, les rails, le chemin de fer, l'automobile. Il a fait les plans de la tour Eiffel, sans compter les faucilles, les charrues, les moissonneuses, les tracteurs. *(Au Roi.)* N'est-ce pas monsieur le Mécanicien, vous vous en souvenez?

LE ROI

Les tracteurs, tiens, j'avais oublié.

LE GARDE

Il a éteint les volcans, il en a fait surgir d'autres. Il a bâti Rome, New York, Moscou, Genève. Il a fondé Paris. Il a fait les révolutions, les contre-révolutions, la religion, la réforme, la contre-réforme.

JULIETTE

On ne le dirait pas à le voir.

LE GARDE

Il a écrit *L'Iliade* et *L'Odyssée.*

LE ROI

Qu'est-ce qu'une auto?

JULIETTE, *toujours le poussant dans son fauteuil.*
Ça roule tout seul.

LE GARDE

Et en même temps, monsieur l'Historien a fait les meilleurs commentaires sur Homère et l'époque homérique.

LE MÉDECIN

Dans ce cas, vraiment, c'était lui le plus qualifié.

LE ROI

J'ai fait tout cela! Est-ce vrai?

LE GARDE

Il a écrit des tragédies, des comédies, sous le pseudonyme de Shakespeare.

JULIETTE

C'était donc lui Shakespeare?

LE MÉDECIN, *au Garde*.

Vous auriez dû nous le dire depuis le temps qu'on se casse la tête pour savoir qui c'était.

LE GARDE

C'était un secret. Il m'avait défendu. Il a inventé le téléphone, le télégraphe, il les a installés lui-même. Il faisait tout de ses mains.

JULIETTE

Il ne savait plus rien faire de ses mains. Pour la moindre réparation, il appelait le plombier.

LE GARDE

Mon Commandant, vous étiez si adroit!

MARGUERITE

Il ne sait plus se chausser, se déchausser.

LE GARDE

Il n'y a pas longtemps, il a inventé la fission de l'atome.

JULIETTE

Il ne sait plus allumer ni éteindre une lampe.

LE GARDE

Majesté, mon Commandant, Maître, monsieur le Directeur...

MARGUERITE, *au Garde*

Nous connaissons tous ses mérites passés. N'en **fais** plus l'inventaire.

> *Le Garde reprend sa place.*

LE ROI, *pendant qu'on le promène.*

Qu'est-ce qu'un cheval?... Voici des fenêtres, **voici** des murs, voici un plancher.

JULIETTE

Il reconnaît les murs.

LE ROI

J'ai fait des choses. Qu'a-t-on dit que j'ai **fait?** Je ne sais plus ce que j'ai fait. J'oublie, j'oublie. *(Pendant qu'on le pousse.)* Voici un trône.

MARIE

Tu te souviens de moi? Je suis là, je suis là.

LE ROI

Je suis là. J'existe.

JULIETTE

Il ne se souvient même plus d'un cheval.

LE ROI

Je me souviens d'un petit chat tout roux.

MARIE

Il se souvient d'un chat.

LE ROI

J'avais un petit chat tout roux. On l'appelait le chat juif. Je l'avais trouvé dans un champ, volé à sa mère, un vrai sauvage. Il avait quinze jours, peut-être plus. Il savait déjà griffer et mordre. Il était féroce. Je lui ai donné à manger, je l'ai caressé, je l'ai emmené. Il était devenu le chat le plus doux. Une fois, il s'est caché dans la manche du manteau d'une visiteuse, Madame. C'était l'être le plus poli, une politesse naturelle, un prince. Il venait nous saluer, les yeux tout engourdis, quand on rentrait au milieu de la nuit. Il allait se recoucher en titubant. Le matin, il nous réveillait pour se coucher dans notre lit. Un jour, on a fermé la porte. Il a essayé de l'ouvrir, il la poussait avec le derrière, il s'est fâché, il a fait un beau tapage; il a boudé une semaine. Il avait très peur de l'aspirateur, c'était un chat poltron, un désarmé, un chat poète. On lui a acheté une souris mécanique. Il s'est mis à la renifler d'un air inquiet. Quand on a tourné la clef et que la souris s'est mise à marcher, il a craché, il s'est enfui, il s'est blotti sous l'armoire. Quand il a grandi, des chattes rôdaient autour de la maison, lui faisaient la cour, l'appelaient. Cela l'affolait, il ne bougeait pas. On a voulu lui faire connaître le monde. Nous l'avons mis sur le trottoir près de la fenêtre. Il était atterré. Des pigeons l'entouraient, il avait peur des pigeons. Il m'a appelé avec désespoir, gémissant, tout collé contre le mur. Les animaux, les autres chats étaient pour lui des créatures étranges dont il se méfiait ou des ennemis qu'il craignait. Il ne se sentait bien qu'avec nous. Nous étions sa famille. Il n'avait pas peur des hommes. Il sautait sur leurs épaules sans les avertir, leur léchait les cheveux. Il croyait que nous étions des chats et que les chats étaient autre chose. Un beau jour, tout de même, il a dû se dire qu'il devait sortir. Le gros chien des voisins l'a tué. Il était comme une poupée-chat, une poupée pantelante, l'œil crevé, une patte arrachée, oui, comme une poupée abîmée par un enfant sadique.

MARIE, *à Marguerite.*

Tu n'aurais pas dû laisser la porte ouverte; je t'avais avertie.

MARGUERITE

Je détestais cette bête sentimentale et froussarde.

LE ROI

Ce que j'ai pu le regretter! Il était bon, il était beau, il était sage, toutes les qualités. Il m'aimait, il m'aimait. Mon pauvre chat, mon seul chat.

> *Cette tirade du chat doit être dite avec le moins d'émotion possible; le Roi doit la dire en prenant un air plutôt d'hébétude, avec une sorte de stupeur rêveuse, sauf peut-être cette toute dernière réplique qui exprime une détresse.*

LE MÉDECIN

Je vous dis qu'il retarde.

MARGUERITE

J'y veille. Il est dans les délais réglementaires. Je vous dis que c'était prévu.

LE ROI

Je rêvais de lui... Qu'il était dans la cheminée, couché sur la braise, Marie s'étonnait qu'il ne brûlât pas; j'ai répondu « les chats ne brûlent pas, ils sont ignifugés ». Il est sorti de la cheminée en miaulant, il s'en dégageait une fumée épaisse, ce n'était plus lui, quelle métamorphose! C'était un autre chat, laid, gros. Une énorme chatte. Comme sa mère, la chatte sauvage. Il ressemblait à Marguerite.

> *Juliette laisse quelques moments le Roi dans son fauteuil roulant, au milieu, sur le devant du plateau, face au public.*

JULIETTE

C'est malheureux tout de même, c'est bien dommage, c'était un si bon roi.

Circulation.

LE MÉDECIN

Il n'était pas commode. Assez méchant. Rancunier. Cruel.

MARGUERITE

Vaniteux.

JULIETTE

Il y en avait de plus méchants.

MARIE

Il était doux, il était tendre.

LE GARDE

Nous l'aimions bien.

LE MÉDECIN, *au Garde et à Juliette.*

Vous vous en plaigniez pourtant tous les deux.

JULIETTE

On oublie ça.

LE MÉDECIN

J'ai dû intervenir plusieurs fois pour vous, auprès de lui.

MARGUERITE

Il n'écoutait que la reine Marie.

LE MÉDECIN

Il était dur, il était sévère, sans être juste pour autant.

JULIETTE

On le voyait si peu. On le voyait quand même, on le voyait souvent.

LE GARDE

Il était fort. Il faisait couper des têtes, c'est vrai.

JULIETTE

Pas tellement.

LE GARDE

C'était pour le salut public.

LE MÉDECIN

Résultat : nous sommes entourés d'ennemis.

MARGUERITE

Vous entendez comme ça dégringole. Nous n'avons plus de frontières, un trou qui grandit nous sépare des pays voisins.

JULIETTE

Cela vaut mieux. Ils ne peuvent plus nous envahir.

MARGUERITE

L'abîme grandit. Au-dessous il y a le trou, au-dessus il y a le trou.

LE GARDE

Nous nous maintenons à la surface.

MARGUERITE

Pour très peu de temps.

MARIE

Il vaut mieux périr avec lui.

MARGUERITE

Nous ne sommes plus qu'une surface, nous ne serons plus que l'abîme.

LE MÉDECIN

Tout cela, c'est bien sa faute. Il n'a rien voulu laisser après lui. Il n'a pas pensé à ses successeurs. Après lui, le déluge. Pire que le déluge, après lui, rien. Un ingrat, un égoïste.

JULIETTE

De mortui nihil nisi bene.
Il était le roi d'un grand royaume.

MARIE

Il en était le centre. Il en était le cœur.

JULIETTE

Il en était la résidence.

LE GARDE

Le royaume s'étendait tout autour, très loin, très loin. On n'en voyait pas les bornes.

JULIETTE

Illimité dans l'espace.

MARGUERITE

Mais limité dans la durée. A la fois infini et éphémère.

JULIETTE

Il en était le prince, le premier sujet, il en était le père, il en était le fils. Il en fut couronné roi au moment même de sa naissance.

MARIE

Ils ont grandi ensemble, son royaume et lui.

MARGUERITE

Ils disparaissent ensemble.

JULIETTE

Il était le roi, maître de tous les univers.

LE MÉDECIN

Un maître contestable. Il ne le connaissait pas, son royaume.

MARGUERITE

Il le connaissait mal.

MARIE

C'était trop étendu.

JULIETTE

La terre s'effondre avec lui. Les astres s'évanouissent. L'eau disparaît. Disparaissent le feu, l'air, un univers, tant d'univers. Dans quel garde-meuble, dans quelle cave, dans quelle chambre de débarras, dans quel grenier pourra-t-on caser tout cela? Il en faut de la place.

LE MÉDECIN

Quand les rois meurent, ils s'accrochent aux murs, aux arbres, aux fontaines, à la lune; ils s'accrochent...

MARGUERITE
Et ça se décroche.

LE MÉDECIN
Cela fond, cela s'évapore, il n'en reste pas une goutte, pas une poussière, pas une ombre.

JULIETTE
Il emporte tout cela dans son gouffre.

MARIE
Il avait bien organisé son univers. Il n'en était pas tout à fait maître. Il le serait devenu. Il meurt trop tôt. Il avait réparti l'année en quatre saisons. Il s'était tout de même bien arrangé. Il avait imaginé les arbres, les fleurs, les odeurs, les couleurs.

LE GARDE
Un monde à la mesure du Roi.

MARIE
Il avait inventé les océans et les montagnes : près de cinq mille mètres le mont Blanc.

LE GARDE
Plus de huit mille l'Himalaya.

MARIE
Les feuilles tombaient des arbres, elles repoussaient.

JULIETTE
C'était astucieux.

MARIE
Dès le premier jour de sa naissance, il avait créé le soleil.

JULIETTE

Et ça ne suffisait pas. Il faisait faire aussi du feu.

MARGUERITE

Il y a eu les étendues sans limites, il y a eu les étoiles, il y a eu le ciel, il y a eu des océans et des montagnes, il y a eu des plaines, il y a eu des visages, il y a eu des édifices, il y a eu des chambres, il y a eu des lits, il y a eu de la lumière, il y a eu de la nuit, il y a eu des guerres, il y a eu la paix.

LE GARDE

Il y a eu un trône.

MARIE

Il y a eu sa main.

MARGUERITE

Il y a eu un regard. Il y a eu la respiration...

JULIETTE

Il respire toujours.

MARIE

Il respire encore, puisque je suis là.

MARGUERITE, *au Médecin.*

Respire-t-il encore?

JULIETTE

Oui, Majesté. Il respire encore puisque nous sommes la.

LE MÉDECIN, *examinant le malade.*

Oui, oui, c'est évident. Il respire encore. Les reins

ne fonctionnent plus, mais le sang circule. Il circule, comme ça. Il a le cœur solide.

MARGUERITE

Il faudra qu'il en vienne à bout. A quoi bon un cœur qui bat sans raison?

LE MÉDECIN

En effet. Un cœur fou. Vous entendez? *(On entend les battements affolés du cœur du Roi.)* Ça part, ça va très vite, ça ralentit, ça part de nouveau à toute allure.

Les battements de cœur du Roi ébranlent la maison. La fissure s'élargit au mur, d'autres apparaissent. Un pan peut s'écrouler ou s'effacer.

JULIETTE

Mon Dieu! Tout va s'écrouler!

MARGUERITE

Un cœur fou, un cœur de fou!

LE MÉDECIN

Un cœur en panique. Il la communique à tout le monde.

MARGUERITE, *à Juliette.*

Cela va se calmer, bientôt.

LE MÉDECIN

Nous connaissons toutes les phases. C'est toujours ainsi lorsqu'un univers s'anéantit.

MARGUERITE, *à Marie.*

C'est bien la preuve que son univers n'est pas unique.

JULIETTE

Il ne s'en doutait pas.

MARIE

Il m'oublie. En ce moment, il est en train de m'oublier. Je le sens, il m'abandonne. Je ne suis plus rien s'il m'oublie. Je ne peux plus vivre si je ne suis pas dans son cœur affolé. Tiens bon, tiens bon. Serre tes mains de toutes tes forces. Ne me lâche pas.

JULIETTE

Il n'a plus de force.

MARIE

Cramponne-toi, ne me lâche pas. C'est moi qui te fais vivre. Je te fais vivre, tu me fais vivre. Comprends-tu? Si tu m'oublies, si tu m'abandonnes, je ne peux plus exister, je ne suis plus rien.

LE MÉDECIN

Il sera une page dans un livre de dix mille pages que l'on mettra dans une bibliothèque qui aura un million de livres, une bibliothèque parmi un million de bibliothèques.

JULIETTE

Pour retrouver cette page, ce ne sera pas commode.

LE MÉDECIN

Mais si. Ça se retrouvera, dans le catalogue, par ordre alphabétique et par ordre des matières... jusqu'au jour où le papier sera réduit en poussière... et encore, cela brûlera certainement avant. Il y a toujours des incendies dans les bibliothèques.

JULIETTE

Il serre les poings. De nouveau il s'accroche, il
résiste. Il revient à lui

MARIE

Il revient à moi

JULIETTE, *à Marie.*

Votre voix le réveille, il a les yeux ouverts, il vous
regarde.

LE MÉDECIN

Oui, son cœur accroche encore.

MARGUERITE

Dans quel état pour un agonisant. Dans une haie
d'épines. Il est dans une haie d'épines. Comment le
tirer de là? *(Au Roi.)* Tu es enlisé dans la boue,
tu es pris dans les ronces.

JULIETTE

Quand il s'en détachera, ses souliers resteront

MARIE

Tiens-moi bien, je te tiens. Regarde-moi, je te
regarde.

Le Roi la regarde.

MARGUERITE

Elle t'embrouille. Ne pense plus à elle, tu seras
soulagé.

LE MEDECIN

Renoncez, Majesté. Abdiquez, Majesté.

JULIETTE

Abdiquez donc puisqu'il le faut.

*Juliette le pousse de nouveau dans son fau-
teuil qu'elle arrête devant Marie.*

LE ROI

J'entends, je vois, qui es-tu? Es-tu ma mère, es-tu
ma sœur, es-tu ma femme, es-tu ma fille, es-tu ma
nièce, es-tu ma cousine?... Je te connais... Je te
connais pourtant. *(On le tourne vers Marguerite.)*
Impitoyable femme! Pourquoi restes-tu près de moi?
Pourquoi te penches-tu sur moi? Va-t'en, va-t'en.

MARIE

Ne la regarde pas. Tourne tes regards vers moi,
tiens les yeux bien ouverts. Espère. Je suis là.
Rappelle-toi. Je suis Marie.

LE ROI, *à Marie.*

Marie!?

MARIE

Si tu ne te souviens plus, regarde-moi, apprends
de nouveau que je suis Marie, apprends mes yeux,
apprends mon visage, apprends mes cheveux,
apprends mes bras.

MARGUERITE

Vous lui faites de la peine, il ne peut plus apprendre.

MARIE, *au Roi.*

Si je ne peux pas te retenir, tourne-toi quand
même vers moi. Je suis là. Garde mon image,
emporte-la.

MARGUERITE

Il ne pourrait pas la traîner, il n'a pas assez de force, c'est trop lourd pour une ombre, il ne faut pas que son ombre soit écorchée par les ombres. Il s'écroulerait sous le poids. Son ombre saignerait, il ne pourrait plus avancer. Il faut qu'il soit léger. *(Au Roi.)* Débarrasse-toi, allège-toi.

LE MÉDECIN

Il doit commencer à lâcher du lest. Débarrassez-vous, Majesté.

> *Le Roi se lève mais il a une autre démarche des gestes saccadés, un air déjà un peu comme un somnambule. Cette démarche somnambulique se précisera de plus en plus.*

LE ROI

Marie?

MARGUERITE, *à Marie.*

Tu vois, il ne comprend plus ton nom.

JULIETTE, *à Marie.*

Il ne comprend plus votre nom.

LE GARDE, *toujours annonçant.*

Le Roi ne comprend plus le nom de Marie!

LE ROI

Marie!

> *En prononçant ce nom, il peut tendre les bras, puis les laisser tomber.*

MARIE

Il le prononce.

LE MÉDECIN

Il le répète sans comprendre.

JULIETTE

Comme un perroquet. Ce sont des syllabes mortes.

LE ROI, *à Marguerite, tourné vers elle.*

Je ne te connais pas, je ne t'aime pas.

JULIETTE

Il sait ce que veut dire ne pas connaître.

MARGUERITE, *à Marie.*

C'est avec mon image qu'il partira. Elle ne l'encombrera pas. Elle le quittera quand il faudra. Il y a un dispositif qui lui permettra de se détacher toute seule. En appuyant sur le déclic, cela se commande à distance. *(Au Roi.)* Vois mieux.

> *Le Roi se tourne du côté du public.*

MARIE

Il ne vous voit pas.

MARGUERITE

Il ne te voit plus.

> *Marie disparaît brusquement par un artifice scénique.*

LE ROI

Il y a encore... il y a...

MARGUERITE

Ne vois plus ce qu'il y a.

JULIETTE

Il ne voit plus.

LE MÉDECIN, *examinant le Roi.*

En effet, il ne voit plus.

Il a fait bouger son doigt devant les yeux du Roi; il a pu aussi promener une bougie allumée ou un briquet ou une allumette, devant les yeux de Bérenger. Son regard ne réagit plus.

JULIETTE

Il ne voit plus. Le médecin l'a constaté officiellement

LE GARDE

Sa Majesté est officiellement aveugle.

MARGUERITE

Il regardera en lui. Il verra mieux.

LE ROI

Je vois les choses, je vois les visages et les villes et les forêts, je vois l'espace, je vois le temps.

MARGUERITE

Vois plus loin.

LE ROI

Je ne peux pas plus loin

JULIETTE

L'horizon l'entoure et l'enferme.

MARGUERITE

Lance ton regard au-delà de ce que tu vois. Derrière la route, à travers la montagne, par-delà la forêt que tu n'as jamais défrichée.

LE ROI

L'océan, je ne peux pas aller plus loin, je ne sais pas nager.

LE MÉDECIN

L'absence d'exercices!

MARGUERITE

Ce n'est que la façade. Va plus au fond des choses.

LE ROI

J'ai un miroir dans mes entrailles, tout se reflète, je vois de mieux en mieux, je vois le monde, je vois la vie qui s'en va.

MARGUERITE

Va au-delà des reflets.

LE ROI

Je me vois. Derrière toute chose, je suis. Plus que moi partout. Je suis la terre, je suis le ciel, je suis le vent, je suis le feu. Suis-je dans tous les miroirs ou bien suis-je le miroir de tout?

JULIETTE

Il s'aime trop.

LE MÉDECIN

Maladie psychique bien connue : narcissisme.

MARGUERITE

Viens, approche.

LE ROI

Il n'y a pas de chemin.

JULIETTE

Il entend. Il tourne la tête quand on parle, il prête l'oreille, il tend un bras, il tend l'autre.

LE GARDE

Que veut-il saisir?

JULIETTE

Il cherche un appui.

Depuis quelques instants, le Roi avance à l'aveuglette, d'un pas mal assuré.

LE ROI

Où sont les parois? Où sont les bras? Où sont les portes? Où sont les fenêtres?

JULIETTE

Les murs sont là, Majesté, nous sommes tous là. Voici un bras.

Juliette conduit le Roi vers la droite, lui fait toucher le mur.

LE ROI

Le mur est là. Le sceptre!

Juliette le lui donne.

JULIETTE

Le voici.

LE ROI

Garde, où es-tu? Réponds.

LE GARDE

Toujours à vos ordres, Majesté. Toujours à vos

ordres. *(Le Roi fait quelques pas vers le Garde. Il le touche.)* Mais oui, je suis là; mais oui, je suis là.

JULIETTE

Vos appartements sont de ce côté-ci, Majesté.

LE GARDE

On ne vous abandonnera pas, Majesté, je vous le jure.

Le Garde disparaît subitement.

JULIETTE

Nous sommes là, près de vous, nous resterons là.

Juliette disparaît subitement.

LE ROI

Garde! Juliette! Répondez! Je ne vous entends plus. Docteur, Docteur, suis-je devenu sourd?

LE MÉDECIN

Non, Majesté, pas encore.

LE ROI

Docteur!

LE MÉDECIN

Excusez-moi, Majesté, je dois partir. Je suis bien obligé. Je suis navré, je m'excuse.

Le Médecin se retire. Il sort en s'inclinant, comme une marionnette, par la porte à gauche au fond. Il est parti à reculons, avec force courbettes, toujours en s'excusant.

LE ROI

Sa voix s'éloigne, le bruit de ses pas faiblit, il n'est plus là!

MARGUERITE

Il est médecin, il a des obligations professionnelles.

LE ROI, *tend les bras;*
Juliette avant de partir devra avoir mis le fauteuil
dans un coin pour ne pas gêner le jeu.

Où sont les autres? *(Le Roi arrive à la porte de*
gauche premier plan puis se dirige vers la porte de
droite premier plan.) Ils sont partis, ils m'ont enfermé.

MARGUERITE

Ils t'encombraient, tous ces gens. Ils t'empê-
chaient d'aller, de venir. Ils se suspendaient à toi,
ils se fourraient dans tes pattes. Admets-le, ils
te gênaient. Maintenant, ça ira mieux. *(Le Roi*
marche avec plus d'aisance.) Il te reste un quart
d'heure.

LE ROI

J'avais besoin de leurs services.

MARGUERITE

Je les remplace. Je suis la reine-à-tout-faire.

LE ROI

Je n'ai donné aucun congé. Fais-les revenir, appelle-
les.

MARGUERITE

Ils ont décroché. C'est que tu l'as voulu.

LE ROI

Je n'ai pas voulu.

MARGUERITE

Ils n'auraient pas pu s'en aller si tu ne l'avais pas

voulu. Tu ne peux plus revenir sur ta volonté. Tu les as laissés tomber.

LE ROI

Qu'ils reviennent.

MARGUERITE

Tu ne sais plus leur nom. Comment s'appelaient-ils? *(Silence du Roi.)* Combien étaient-ils?

LE ROI

Qui donc?... Je n'aime pas qu'on m'enferme. Ouvre les portes.

MARGUERITE

Patiente un peu. Tout à l'heure, les portes seront grandes ouvertes.

LE ROI, *après un silence.*

Les portes... les portes... Quelles portes?

MARGUERITE

Y a-t-il eu des portes, y a-t-il eu un monde, as-tu vécu?

LE ROI

Je suis.

MARGUERITE

Ne bouge plus. Cela te fatigue.

Le Roi fait ce qu'elle lui dit.

LE ROI

Je suis... Des bruits, des échos émergent des profondeurs, cela s'éloigne, cela se calme. Je suis sourd.

MARGUERITE

Moi, tu m'entendras, tu m'entendras mieux. *(Le Roi est debout, immobile, il se tait.)* Il arrive que l'on fasse un rêve. On s'y prend, on y croit, on l'aime. Le matin, en ouvrant les yeux, deux mondes s'entremêlent encore. Les visages de la nuit s'estompent dans la clarté. On voudrait se souvenir, on voudrait les retenir. Ils glissent entre vos mains, la réalité brutale du jour les rejette. De quoi ai-je rêvé se dit-on? Que se passait-il? Qui embrassais-je? Qui aimais-je? Qu'est-ce que je disais et que me disait-on? On se retrouve avec le regret imprécis de toutes ces choses qui furent ou qui semblaient avoir été. On ne sait plus ce qu'il y avait eu autour de soi. On ne sait plus.

LE ROI

Je ne sais plus ce qu'il y avait autour. Je sais que j'étais plongé dans un monde, ce monde m'entourait. Je sais que c'était moi et qu'est-ce qu'il y avait, qu'est-ce qu'il y avait?

MARGUERITE

Des cordes encore t'enlacent que je n'ai pas dénouées. Ou que je n'ai pas coupées. Des mains s'accrochent encore à toi et te retiennent.

Tournant autour du Roi, Marguerite coupe dans le vide, comme si elle avait dans les mains des ciseaux invisibles.

LE ROI

Moi. Moi. Moi.

MARGUERITE

Ce toi n'est pas toi. Ce sont des objets étrangers,

des adhérences, des parasites monstrueux. Le gui poussant sur la branche n'est pas la branche, le lierre qui grimpe sur le mur n'est pas le mur. Tu ploies sous le fardeau, tes épaules sont courbées, c'est cela qui te vieillit. Et ces boulets que tu traînes, c'est cela qui entrave ta marche. *(Marguerite se penche, elle enlève des boulets invisibles des pieds du Roi, puis elle se relève en ayant l'air de faire un grand effort pour soulever les boulets.)* Des tonnes, des tonnes, ça pèse des tonnes. *(Elle fait mine de jeter ces boulets en direction de la salle puis se redresse allégée.)* Ouf! Comment as-tu pu traîner cela toute une vie! *(Le Roi essaye de se redresser.)* Je me demandais pourquoi tu étais voûté, c'est à cause de ce sac. *(Marguerite fait mine d'enlever un sac des épaules du Roi et de le jeter.)* Et de cette besace. *(Même geste de Marguerite pour la besace.)* Et de ces godasses de rechange.

LE ROI, *sorte de grognement.*

Non.

MARGUERITE

Du calme! Tu n'en auras plus besoin de ces chaussures de rechange. Ni de cette carabine, ni de cette mitraillette. *(Mêmes gestes que pour la besace.)* Ni de cette boîte à outils. *(Mêmes gestes; protestation du Roi.)* Ni de ce sabre. Il a l'air d'y tenir. Un vieux sabre tout rouillé. *(Elle le lui enlève bien que le Roi s'y oppose maladroitement.)* Laisse-moi donc faire. Sois sage. *(Elle donne une tape sur les mains du Roi.)* Tu n'as plus besoin de te défendre. On ne te veut plus que du bien; des épines sur ton manteau et des écailles, des lianes, des algues, des feuilles humides et gluantes. Elles collent, elles collent. Je les décolle, je les détache, elles font des taches, ce n'est pas net. *(Elle fait des gestes pour décoller et détacher.)* Le rêveur se retire de son rêve. Voilà, je t'ai débarrassé de ces petites misères, de ces petites saletés. Ton manteau est plus beau maintenant, tu es plus propre. Ça te va mieux. Maintenant, marche. Donne-moi la main, donne-moi donc la main, n'aie plus peur, laisse-toi glisser, je te retiendrai. Tu n'oses pas.

LE ROI, *sorte de bégaiement.*

Moi.

MARGUERITE

Mais non! Il s'imagine qu'il est tout. Il croit que son être est tout l'être. Il faut lui faire sortir cela de la tête. *(Puis, comme pour l'encourager.)* Tout sera gardé dans une mémoire sans souvenir. Le grain de sel qui fond dans l'eau ne disparaît pas puisqu'il rend l'eau salée. Ah, voilà, tu te redresses, tu n'es plus voûté, tu n'as plus mal aux reins, plus de courbatures. N'est-ce pas que c'était pesant? Guéri, tu es guéri. Tu peux avancer, avance, allons, donne-moi la main. *(Les épaules du Roi se voûtent de nouveau légèrement.)* Ne courbe plus les épaules puisque tu n'as plus de fardeau... Ah, ces réflexes conditionnés, c'est tenace... Il n'y a plus de fardeau sur tes épaules, je t'ai dit. Redresse-toi. *(Elle l'aide à se redresser.)* La main!... *(Indécision du Roi.)* Qu'il est désobéissant! Ne tiens pas le poing serré, écarte les doigts. Que tiens-tu? *(Elle lui desserre les doigts.)* C'est tout son royaume qu'il tient dans la main. En tout petit : des microfilms... des graines... *(Au Roi.)* Ces graines ne repousseront pas, la semence est altérée, c'est de la mauvaise graine. Laisse tomber, défais tes doigts, je t'ordonne de desserrer les doigts, lâche les plaines, lâche les montagnes. Comme ceci. Ce n'était plus que de la poussière. *(Elle lui prend la main et l'entraîne malgré, encore, une résistance du Roi.)* Viens. De la résistance encore! Où peut-il en trouver? Non, n'essaye pas de te coucher, ne t'assois pas non plus, aucune raison de trébucher. Je te guide, n'aie pas peur. *(Elle le guide en le tenant par la main sur le plateau.)* N'est-ce pas que tu peux, n'est-ce pas que c'est facile? J'ai aménagé une pente douce. Plus tard elle sera plus dure, cela ne fait rien, tu auras repris des forces. Ne tourne pas la tête pour regarder ce que tu ne pourras plus jamais voir, concentre-toi, penche-toi sur ton cœur, entre, entre, il le faut.

> LE ROI, *les yeux fermés*
> *et avançant toujours tenu par la main.*

L'empire... A-t-on jamais connu un tel empire : deux soleils, deux lunes, deux voûtes célestes l'éclairent, un autre soleil se lève, un autre encore. Un troisième firmament surgit, jaillit, se déploie! Tandis qu'un soleil se couche, d'autres se lèvent... A la fois, l'aube et le crépuscule... C'est un domaine qui s'étend par-delà les réservoirs des océans, par-delà les océans qui engloutissent les océans.

> MARGUERITE

Traverse-les.

> LE ROI

Au-delà des sept cent soixante-dix-sept pôles.

> MARGUERITE

Plus loin, plus loin. Trotte, allons, trotte.

> LE ROI

Bleu, bleu.

Il perçoit encore les couleurs. Des souvenirs colorés. Ce n'est pas une nature auditive. Son imagination est purement visuelle... c'est un peintre... trop partisan de la monochromie. *(Au Roi.)* Renonce aussi à cet empire. Renonce aussi aux couleurs. Cela t'égare encore, cela te retarde. Tu ne peux plus t'attarder, tu ne peux plus t'arrêter, tu ne dois pas. *(Elle s'écarte du Roi.)* Marche tout seul, n'aie pas peur. Vas-y. *(Marguerite, dans un coin du plateau, dirige le Roi de loin.)* Ce n'est plus le jour, ce n'est plus la nuit, il n'y a plus de jour, il n'y a plus de nuit. Laisse-toi diriger par cette roue qui tourne devant toi. Ne la perds pas de vue, suis-la, pas de trop près, elle est embrasée, tu pourrais te brûler. Avance, j'écarte les broussailles, attention, ne heurte pas cette ombre qui est à ta droite... Mains gluantes, mains implorantes, bras et mains pitoyables, ne revenez pas, retirez-vous. Ne le touchez pas, ou je vous frappe! *(Au Roi.)* Ne tourne pas la tête. Évite le précipice à ta gauche, ne crains pas ce vieux loup qui hurle... ses crocs sont en carton, il n'existe pas. *(Au loup.)* Loup, n'existe plus! *(Au Roi.)* Ne crains pas non plus les rats. Ils ne peuvent pas mordre tes orteils. *(Aux rats.)* Rats et vipères, n'existez plus! *(Au Roi.)* Ne te laisse pas apitoyer par le mendiant qui te tend la main... Attention à la vieille femme qui vient vers toi... Ne prends pas le verre d'eau qu'elle te tend. Tu n'as pas soif. *(A la vieille femme imaginaire.)* Il n'a pas besoin d'être désaltéré, bonne femme, il n'a pas soif. N'encombrez pas son chemin. Évanouissez-vous. *(Au Roi.)* Escalade la barrière... Le gros camion ne t'écrasera pas, c'est un mirage... Tu peux passer, passe... Mais non, les pâquerettes ne chantent pas, même si elles sont folles. J'absorbe leurs voix; elles, je les efface!... Ne prête pas l'oreille au murmure du ruisseau. Objectivement, on ne l'entend pas. C'est aussi un faux ruisseau, c'est une fausse voix... Fausses voix, taisez-vous. *(Au Roi.)* Plus personne ne t'appelle. Sens, une dernière fois, cette fleur et jette-la. Oublie son odeur. Tu n'as plus la parole. A qui pourrais-tu parler? Oui, c'est cela, lève le pas, l'autre. Voici la passerelle, ne crains pas le vertige. *(Le Roi avance en direction des marches du trône.)* Tiens-toi tout droit, tu n'as pas besoin de ton gourdin, d'ailleurs tu n'en as pas. Ne te baisse pas, surtout, ne tombe pas. Monte, monte. *(Le Roi commence à monter les trois ou quatre marches du trône.)* Plus haut, encore plus haut, monte, encore plus haut, encore plus haut, encore plus haut. *(Le Roi est tout près du trône.)* Tourne-toi vers moi. Regarde-moi. Regarde à travers moi. Regarde ce miroir sans image, reste droit... Donne-moi tes jambes, la droite, la gauche. *(A mesure qu'elle lui donne ces ordres, le Roi raidit ses membres.)* Donne-moi un doigt, donne-moi deux doigts... trois... quatre... cinq... les dix doigts. Abandonne-moi le bras droit, le bras gauche, la poitrine, les deux épaules et le ventre. *(Le Roi est immobile, figé comme une statue.)* Et voilà, tu vois, tu n'as plus la parole, ton cœur n'a plus besoin de battre, plus la peine de respirer. C'était une agitation bien inutile, n'est-ce pas? Tu peux prendre place.

Disparition soudaine de la reine Marguerite par la droite.

Le Roi est assis sur son trône. On aura vu, pendant cette dernière scène, disparaître progressivement les portes, les fenêtres, les murs de la salle du trône. Ce jeu de décor est très important.

Maintenant, il n'y a plus rien sur le plateau sauf le Roi sur son trône dans une lumière grise. Puis, le Roi et son trône disparaissent également.

Enfin, il n'y a plus que cette lumière grise.
La disparition des fenêtres, portes, murs, Roi
et trône doit se faire lentement, progressivement,
très nettement. Le Roi assis sur son trône doit
rester visible quelque temps avant de sombrer dans
une sorte de brume.

RIDEAU

Paris, 15 octobre-15 novembre 1962.

DU MÊME AUTEUR

LA LACUNE (THÉÂTRE, IV).

LE SALON DE L'AUTOMOBILE (THÉÂTRE, IV).

L'ŒUF DUR (THÉÂTRE, IV).

POUR PRÉPARER UN ŒUF DUR (THÉÂTRE, IV).

LE JEUNE HOMME À MARIER (THÉÂTRE, IV).

APPRENDRE À MARCHER (THÉÂTRE, IV).

JEUX DE MASSACRE, *théâtre*.

RHINOCÉROS suivi de LA VASE, *théâtre*.

DISCOURS DE RÉCEPTION D'EUGÈNE IONESCO À L'ACADÉMIE FRANÇAISE et réponse de Jean Delay.

MACBETT, *théâtre*.

CE FORMIDABLE BORDEL!, *théâtre*.

JOURNAL EN MIETTES (Collection Idées).

EXERCICES DE CONVERSATION ET DE DICTION FRANÇAISES POUR ÉTUDIANTS AMÉRICAINS (THÉÂTRE, V).

L'HOMME AUX VALISES (THÉÂTRE, VI).

PRÉSENT PASSÉ, PASSÉ PRÉSENT, *essai* (Collection Idées).

LE SOLITAIRE, *roman* (Collection Folio).

ANTIDOTES, *essai*.

UN HOMME EN QUESTION, *essai*.

VOYAGES CHEZ LES MORTS, Thèmes et variations, *théâtre*.

HUGOLIADE.

LE BLANC ET LE NOIR.

NON.

LA QUÊTE INTERMITTENTE.

COLLECTION FOLIO

Impression Bussière Camedan Imprimeries
à Saint-Amand (Cher),
le 8 août 1997.
Dépôt légal : août 1997.
1ᵉʳ dépôt légal dans la collection : février 1973.
Numéro d'imprimeur : 1/1907.
ISBN 2-07-036361-9./Imprimé en France.

2821.	Louis Calaferte	*C'est la guerre.*
2822.	Louis Calaferte	*Rosa mystica.*
2823.	Jean-Paul Demure	*Découpe sombre.*
2824.	Lawrence Durrell	*L'ombre infinie de César.*
2825.	Mircea Eliade	*Les dix-neuf roses.*
2826.	Roger Grenier	*Le Pierrot noir.*
2827.	David McNeil	*Tous les bars de Zanzibar.*
2828.	René Frégni	*Le voleur d'innocence.*
2829.	Louvet de Couvray	*Les Amours du chevalier de Faublas.*
2830.	James Joyce	*Ulysse.*
2831.	François-Régis Bastide	*L'homme au désir d'amour lointain.*
2832.	Thomas Bernhard	*L'origine.*
2833.	Daniel Boulanger	*Les noces du merle.*
2834.	Michel del Castillo	*Rue des Archives.*
2835.	Pierre Drieu la Rochelle	*Une femme à sa fenêtre.*
2836.	Joseph Kessel	*Dames de Californie.*
2837.	Patrick Mosconi	*La nuit apache.*
2838.	Marguerite Yourcenar	*Conte bleu.*
2839.	Pascal Quignard	*Le sexe et l'effroi.*
2840.	Guy de Maupassant	*L'Inutile Beauté.*
2841.	Kôbô Abé	*Rendez-vous secret.*
2842.	Nicolas Bouvier	*Le poisson-scorpion.*
2843.	Patrick Chamoiseau	*Chemin-d'école.*
2844.	Patrick Chamoiseau	*Antan d'enfance.*
2845.	Philippe Djian	*Assassins.*
2846.	Lawrence Durrell	*Le Carrousel sicilien.*
2847.	Jean-Marie Laclavetine	*Le rouge et le blanc.*
2848.	D.H. Lawrence	*Kangourou.*
2849.	Francine Prose	*Les petits miracles.*
2850.	Jean-Jacques Sempé	*Insondables mystères.*
2851.	Béatrix Beck	*Des accommodements avec le ciel.*
2852.	Herman Melville	*Moby Dick.*
2853.	Jean-Claude Brisville	*Beaumarchais, l'insolent.*
2854.	James Baldwin	*Face à l'homme blanc.*
2855.	James Baldwin	*La prochaine fois, le feu.*
2856.	W.-R. Burnett	*Rien dans les manches.*
2857.	Michel Déon	*Un déjeuner de soleil.*
2858.	Michel Déon	*Le jeune homme vert.*